とろける恋と異世界三ツ星ごはん

～秘密の剣士は味音痴～

秀 香穂里

illustration: 秋吉しま

とろける恋と異世界三ツ星ごはん

～秘密の剣士は味音痴～

序章

いつか、息絶える。もしそのときが来たら、いままでに作ったどれよりも手間暇をかけて、ほかほかと湯気を立てる、とびきりおいしいひと皿を作ってあげたい。

精一杯生きた自分のために。

そんな感慨にふける暇もなく、次の目覚めは唐突に訪れた。

第一章

静かな水底《みなそこ》からぽこりと泡が浮き上がって弾《はじ》けるように、意識が目覚める。まぶたを開く前から、薄ぼんやりとした光を感じていた。

まぶしい。

カーテンを閉め忘れたんだっけと、ふと考える。まぶたを開けば、左側に見慣れた青と白のストライプのカーテンがかかっているはずだ。

だけど、確認するのがなぜか怖い。どうしてそう思うのだろう。ただ目を開けて、ちらっと視線を動かせばいいだけの話なのに、荘野怜《しょうのれい》はそれができない。

家ではないのかもしれない。ここにいるのは自分ひとりだ。気配でわかる。だったら、病院の一室で治療を受けているとか。

意識が途切れる寸前、身体《からだ》じゅうに重い衝撃を受けたことは覚えている。

祖母と暮らしていたアパートをふらふら出てコンビニへと向かう途中、見通しの悪い夜道に差し掛かったところで、背後から鋭いクラクションが響いて慌てて脇に飛びのこうとしたのだが、一歩遅かったようだ。どん、と意識ごと揺さぶられて、身体が宙に跳ね上がった。四月の夜空はやわらかな色をしていて、星は見えなかった――ところまではなんとなく覚えている。

車にはねられたのだろう。病院に運び込まれ、ここでひとり、目を覚ましたと考えるのが自然だ。

――重傷、じゃないかな。

手や足が動くか試してみると、指先はしっかりと曲がる。節々に力を込めても痛みはない。どうやら、大怪我《おおけが》はまぬがれたようだとほっと息をもらした。

――ここ、どこなんだろう。喉が渇いたな。声を上げれば、誰か来るかな。

病院の内部ならだいたいわかる。すこし前、祖母が病院で亡くなったのだ。育ての親で、どんなときもそばにいてくれたひとを、怜はこよなく愛していた。世界一大事なひとと言っても言い過ぎではない。

病が進行してとうとう入院したあと、毎日のように見舞いに行っていただけに病室の仕組みは知っている。大部屋だったがたまたま入院患者がふたりしかいなかったので、祖母は心地好《よ》い春風が入る窓際のベッドに寝かされていた。最後の数日は薬が効いていたこともあって夢うつつの世界をさまよっていたけれど、それまではほんとうにいろんな話をした。入院するまで、ずっと長いこと一緒に過ごした。とくに、キッチンで。

自分もあんなふうに看病されていたのなら、手元にナースコールがあるはずだ。それを押せば、看護師が来てくれる。

喉の渇きも限界だ。指先であたりをぱたぱた探ったが、ナースコールとおぼしき硬い物体は一向に見つからない。よく考えてみると布団の重みも感じられないし、背中にシーツが擦《こす》れる感触もないのはいささか妙だ。

ただ、寝かされているだけ。というより、大の字になっているだけの気がする。

――ってことは、事故のあと放置されてるとか？

軽傷ですんだのかもしれないが、春の夜、ひとけのすくない道に置き去りにされているのも怖い。どういうことなのか確かめたくて、覚悟を決めて目を開いた。

一面、白でおおわれた清潔な病室――でも、住み慣れた町並みでもなかった。

想像していたものはひとつもない。視界に映るのは薄い緑、濃い緑。思わず言葉を失うほどに美しいグラデーションを作る緑の園に、怜は仰臥《ぎょうが》していた。

「温室……？」

間の抜けた考えだが、それがいちばん妥当ではないだろうか。アパート近くにあった公園はちいさくて、ベンチとおもちゃみたいなすべり台、ブランコがひとつあるきりだ。いま目にしている緑の重なりは、昔、学校の授業で連れて行かれた植物園にあった温室の風景に似ている。

視線を上向けると、太い木の枝が交差する向こうに青空が見えた。

ここが温室なら、薄く透明なガラスが陽《ひ》の光を弾いているはずだが。

無意識に手を伸ばせば、深い緑の匂いを混ぜ込んだ風が吹き抜けていく。そのことにもかすかな違和感を覚えた。

「温室ってこんなに風が抜けるっけ……」

さすがにおかしいと判断してゆっくりと身体を起こし、あたりをそろそろと見回した。

どこまでもどこまでも緑が生い茂っている。

森だ。祖母と遊びに行った郊外の森とよく似ている。あれよりも奥行きがありそうだ。

出口も入り口も見当たらない。指先を動かせば湿った感触が伝わってきた。固めの土が爪のあいだに挟まっていることに気づいて、怜はまばたきを繰り返す。

どうして森なんかにいるのだろう。自分が暮らしていたのは、どこか昭和《しょうわ》の情緒が残るごちゃごちゃとした下町で、緑とはほとんど縁がない。

車にはねられた勢いで、どこかの森に吹っ飛ばされたのだろうか。自分が知らないだけで、もしかしたら近所に緑の茂る場所があったのだろうか。

跳ねる鼓動をなだめるために胸に手を当てたところで、眉をひそめた。

着慣れたパーカとデニムではなく、汚れが目立たないようなダークブラウンのシャツとズボン、それにグリーンのマントを羽織っている。

「なんだこれ……マントなんて持ってなかったよな」

シャツとズボンも買った覚えがない。怜がよく買うファストファッションは装飾がすくなく、洗濯しやすいのがありがたい。しかし、いま身に着けているシャツの胸元は複雑な刺繍《ししゅう》がほどこされ、裾を出したスタイルだ。腰に太めのベルトを巻いているが、普段の自分の好みではない。ベルトの片側には小物入れになりそうなポケットがついていた。なかを探ってみたが、なにも入っていない。

すこし離れたところに、くたびれた感じの革鞄《かわかばん》が落ちていた。誰のものかわからず不安だが、ますます喉の渇きがひどくなってくる。

いますぐなにか飲みたいけれど、このへんに水が湧く場所などないようだ。なにか喉を潤すものが入っていないかと鞄を引き寄せてぺろんと蓋を開けると、鈍く光る容器があった。

栓を開けて嗅いでみれば無臭だ。おそらく水が入っているのだと思うが、それでも用心したほうがいい。手のひらをくぼませたところに垂らしたのは、さらりとした透明な液体だ。鼻先に近づけても、なんの匂いもしない。

口をつけるか、やめておくか。容器のなかは液体がたっぷり詰まっている。

ほんとうだったら、水を求めてあたりをうろついたほうがいいと思う。だが、膝を突いた状態で周囲を見回しても、コンビニや自動販売機のようなものはどこにも見当たらなかった。そもそも、ひとがいる気配がまったくしないのだ。

「そうだ、スマホ」

急いで身体じゅうを探ったものの、文明の利器はどこからも出てこない。スマホさえあれば、いま自分がどこにいるかすぐにわかるのに。そして、近くに店があるかも探せるのに。

使い込んだスマートフォンは、ポケットにも鞄にもなかった。

「誰か！　――誰かいませんか！」

必死に声を張り上げる怜の耳に響くのは、風が緑の葉を揺らすざわめきだけ。

ここにいるのは、自分ひとり。自分しかいない。ほかには誰もいない。

知らずと身体が震えはじめ、両手で肩を抱き締めるようにした。いま、なにが起こっても助けを求めることはできないのだ。

――頼れるのは自分しかいない。

すぐにでもここを立ち去り、もっと視界が開けた場所に行きたい思いに駆られる。四方八方から緑が迫ってきて窮屈だ。

「……焦るな……」

なにもわからないのに、むやみに動くのは危険だ。どくどくとうるさい左胸をぎゅっと摑《つか》んで深呼吸を繰り返すうちに、喉が渇いていることを思い出した。全身がからからだ。助けが得られない場にいるなら、とっさの危機に際して機敏に動けるようにしておかなければ。

もう一度手のひらをくぼませて液体を垂らし、何度も匂いを嗅いでからこわごわと舌先で触れてみた。

ぴりっと痺《しび》れたり、妙な感触がしたりということはなかった。

しばし待ってみたけれど、身体に異変はない。意識が遠のくこともない。

「水かな、……水、だよね。……すみません、ひと口だけ……ひと口だけいただきます……！」

容器のなかに目を凝らし、祈るような思いでぐっと呷《あお》った。

思ってもみないほどの冷たい液体が喉に流れ込んできて噎《む》せそうになったものの、透き通った味がなによりもおいしく感じられる。

「……っはぁ……」

透明な液体は、間違いなく水だ。

置かれた状況のほとんどを理解できていないが、なにはともあれ水があるだけでもこころ強い。この状況がいつまで続くかわからないので、残った半分を大事にしなければと蓋を固く閉めた。

この鞄といい、容器といい、誰のものなのだろう。

人心地ついたところであらためて鞄をそっと探ると、赤い表紙のノートが出てきて心臓が大きく跳ね飛んだ。

「これ、……おばあちゃんのノートだ……」

しょっちゅう触れたことで隅が擦れて丸みを帯びたノートには覚えがありすぎる。

料理好きだった祖母が生前、このノートにレシピを書きつけていたのだ。テレビや雑誌、新聞で見かけたレシピを自分なりにアレンジし、何度も工夫を重ねて、怜好みの味に変えた料理の数々がこの一冊に詰まっているはずだ。

自分の思い違いでなければ。

混乱しているのでなければ。

ノートを開き、いまでも夜ごと思い出す祖母の字がそこに書かれているかどうか確かめようとしたときだ。突然、バキッと鋭い音が聞こえてきておののいた。太い木の枝を踏み割るような音だ。

ひとか、獣か。

音のした方向に視線を向けると、緑の陰からのそりと巨軀《きょく》が姿を現し、思わず啞然《あぜん》とした。

四つ足の黒い生き物は二本の角をりゅうと生やし、黒光りする目でこちらを見つめている。恐ろしく大きな獣だ。幼い頃、祖母と遊びに行った動物園で迫力のあるサイやゾウに喜んだことがあったが、目の前にいるのは自分が知っている動物とは比にならないほどの巨体だ。なにより、こんな生き物は動物園でも図鑑でも目にしたことがない。枝葉の向こうにある空が陰るほどの大きな身体に圧倒され、息をすることも忘れた。

名前も知らない黒い生き物が、のそり、のそりと迫ってくる。たじろいでうしろにずり下がるたび、巨軀は距離を縮めてくる。前脚の先端は硬そうな蹄《ひづめ》で、一撃を食らったら命はないだろう。

「う、わ」

鞄の肩掛けひもを強く握り締めて逃げようとしても、足がすくむ。わずかに後じさるのが精一杯で、それもつかの間、木の根に足を引っかけて派手に尻餅《しりもち》をついてしまった。慣れない土と草の匂いが濃く漂ってきて、息が詰まる。くちびるが震え出す。武器になりそうなものがないかと必死に探したが、ろくなものが見つからない。

浅く息をしながらむやみに手を振り回していると、なにかが指先を掠《かす》めた。ハッと手元を見れば、細く、頼りない棒きれだ。

これでも、ないよりはましだ。懸命にたぐり寄せて黒い影にかざした途端、獣の口元にぎらりとした牙が見えた。

だめだ。とてもじゃないが敵《かな》わない。

殺される。喰《く》われる。

獣が地面を蹴散らして駆け出してきた瞬間、あまりの恐怖に目を閉じることもできずに真正面からその姿を捉えた。裂けるほどの大きな口からのぞく鋭い牙に、頭から噛《か》み砕かれそうだ。

——僕は、死ぬのか。

覚悟もなにも決まらないうちに、黒々とした地獄のような口が開いていまにも呑《の》み込まれそうだ。

諦めと絶望が、まだ生きたいというささやかな願いを押し潰す。がつっと獣が歯を鳴らす鈍い音が眼前で弾け、ぎゅっとまぶたを閉じた。

今度こそ死ぬのだ。

すぐにも想像を絶する苦しみが襲ってくる。でも、そんなのはほんとうに一瞬のことだと自分に言い聞かせたのだが、いくら待ってもなんの痛みも感じなかった。

薄くくちびるを開いて、できるだけ息を吸い込んだ。胸を満たす酸素にどっと安堵《あんど》が押し寄せてくる。

生きてる。死んでない——生きてる。

身体を震わせながら息を吸い込み、そろそろと目を開くのと同時に、重いものがどうっと地面に倒れ伏す音が耳たぶを打つ。驚いた視線の先に、逞《たくま》しく広い背中があった。

ひとだ。自分と同じ、人間だ。

黒いマントの裾がひらりとひるがえり、緋色《ひいろ》の裏打ちが目にも鮮やかだ。長い足が地面を踏み締め、手には木漏《こも》れ日を弾く剣が握られていた。その刃《やいば》はどす黒い血にまみれ、黒々とした山のような獣の喉元を一突きしたのだとわかった。

背筋が震え上がるような光景だが、すぐに自分を助けてくれたのだと知り、腰を浮かせた。

「あ、あの」

「……怪我は」

「え?」

声の主は見上げるほどの長身の男だ。肩越しに振り返った男に目を留め、息を呑んだ。

額から両側にかき分けられた漆黒《しっこく》の髪の艶やかさに見蕩《みと》れたのもあったし、見るからに鍛え上げられた逞しい身体に気圧《けお》されもしたが、いちばん驚かされたのは、彼の顔の上半分をおおう仮面だ。

目元の部分が開き、高く美しい鼻梁《びりょう》の形に沿って薄く引き伸ばされたマスクは金属でできているのだろう。鈍く輝いている。

マスク越しにこちらを射貫《いぬ》くような鋭いまなざしに身をすくめていると、「怪我は?」となおも声が聞こえる。負傷していないか。そう訊《き》いてくれているのだ。逆光のせいか、マスクがぎらぎらとまぶしい。

「いえ、大丈夫です。どこも怪我してません……ありがとう、ございます」

助かった、そう思ったら全身から力が抜けていく。何度も息を吸い込み、吐き出しているうちに、男の影が眼前に落ちる。

「おまえひとりなのか。連れはいないのか」

「気づいたらここにいて……」

非難されているのではないが、なんとなく萎縮してしまうのは、男の声に隠しきれない品格と威厳を感じ取ったからだ。

「どうした。具合が悪いのか」

「違います。ただ」

「なんだ」

言いながら、男が腰をかがめてきた。

いまさらながらに身体がこまかに震える。抑えきれない動揺が襲ってきて、油断すると不覚にも涙がこぼれそうだ。この男が助けに入ってくれなかったら、いま頃自分は獣に八つ裂きにされていたはずだ。

「落ち着け。あいつは倒した」

その声は素っ気ないがどことなく色香を滲《にじ》ませる。同性の声に聴き入るなんていままでになかった。

男はしばしかがみ込んでいたが、ややあってから、ぽんと手のひらで軽く頭に触れてくる。弾かれたように顔を上げると、無表情の男がぽんぽんと頭を叩《たた》いてくる。

整った顔を間近に見て、息が止まりそうだ。

さらりとした黒髪は指通りがよさそうで、いささか伸びている感はあるが、清潔だ。その髪よりも深い輝きを宿した黒曜石《こくようせき》のような瞳に見つめられると、顔じゅう熱くなっていく。彫像よりも美しい鼻筋と形のいいくちびる。ふっくらした下くちびるが、精悍《せいかん》な面差《おもざ》しになまめかしさを加えていた。

彼はマントの下に斜めがけにしていた細長い鞄を地面に下ろし、なかから筒状のものを取り出した。

「飲め。おかしなものは入っていない」

低い声にためらったが、「ほら」とうながされて筒を受け取った。

なかに入っていたのは、甘くて濃い飲み物だ。匂いから果実酒に似たものだと判断し、ふたくちほどこくりと飲んだ。すぐにふわっとしたやさしい熱が身体を駆けめぐる。

「……っは。おいしい、……です」

普段、酒はほとんど口にしないので、この恐怖を打ち消すには十分な効力があった。もうひとくちだけ含み、容器の飲み口を指先で慎重に拭って彼に返す。

「手のひらを怪我している。逃げるときに擦ったんだろう」

そう言って男はひざまずき、手を摑んできた。鞄のなかから救急道具のようなセットを出して手際よく薬を塗り、包帯を巻いてくれた。塗り薬が傷口に染みてすこし顔を歪《ゆが》めると、男はちらっと視線を合わせてくる。

「ひとりで旅しているのか。剣や盾は？」

剣や盾。ゲームや映画のなかでしか見たことのないものを持ち合わせているわけがない。しかし男は、大剣で獣を打ち負かしたのだ。どう言っていいか迷ったが、先ほど男が倒した獣を視界の隅に映しつつ、首を横に振った。

「持ってません」

「無茶だ。このあたりは凶暴な獣が出るんだ。おまえのような丸腰の者は半日と経《た》たずに食い殺されるぞ」

「でも……僕」

ごくりと息を呑み、男を見つめる。親切な命の恩人なら、惑う胸の裡《うち》を明かしてもいいかもしれない。信じてもらえるかどうか心配でたまらないが、言ってみないことにはなにもわからないのだ。

「ここって、どこですか？」

「どことは？」

「僕、なにもわからなくて。自分がどうしてここにいるのか……。目が覚めたら、どうしてかここにいた。事故で死んだかもしれないって思ったのに」

「誰が」

「僕です」

そこではじめて彼は怪訝《けげん》そうな顔をした。なにを言っているんだという表情だが、「ここは」と呟《つぶや》く。

「エルハラード王国の西方に位置する、アウドンという森だ。手強《てごわ》い獣がよく現れる場所だから、町の者はめったに近づかない」

男が口にしたエルハラード王国という国の名は耳にしたことがない。世界地図を見るのが好きな怜は、祖母と各国のめずらしい料理について話し合うのも好きだった。日本《にほん》の東京《とうきょう》に住んでいるとさまざまな国のさまざまな料理を味わうことができるけれど、広い世界には聞いたこともない国があって、知らない言葉を口にするひとがそこにしかない料理を味わっているはずだ。

慎ましい生活をしていた怜だが、お金を貯め、いつか世界旅行に出るのが夢だった。各国の料理のレシピを持ち帰り、祖母にも教えたかったという思いが胸の底でくすぶっている。

それでも、自分が知るかぎり、そんな名の国はどこにもなかったはずだ。

「あなたは……？　どうしてここにいるんですか。さっきの剣遣《づか》い、見事でした」

「ただの通りすがりだ」

そんなわけがない。

大ぶりの剣を振るう男なんて、映画か漫画のなかだけに出てくる存在なのだから。

事故に遭《あ》った衝撃で、夢《うめ》の世界に閉じ込められたんだろうか。そう考えて、力いっぱい自分の頬《ほお》をつねり、「……いった！」と呻いた。

「なにをしている。おかしな奴《やつ》だな」

ますます奇妙なものを見る目つきをする男に、「いえ、あの」と口をもごもごさせた。

ここで見捨てられたら、ひとり森のなかで命尽きることになりそうだ。確かに、怜は武器をひとつも所持していない。持っているのは赤い表紙のノートと水筒だけ。獣に食い殺されるか、空腹で倒れるかのどちらかしかない未来に怯《おび》え、みっともないと思っても男に助けを求めるしかない。

「夢を見てるのかなと思って……変なこと言ってたらすみません」

「緑の匂いを圧倒するほどの血の匂いがしても、夢か？」

彼の言うとおりだ。あたりにはまだ獣の血の匂いが満ちていて、深く吸い込むと具合が悪くなりそうだ。

にわかには信じられなくても、ここがいま自分のいる世界だ。痛みも、匂いもリアルだ。尻餅をついたときに感じた土の感触だって現実そのものだ。

「信じられない……けど」

もう一度、頬を強くつねった。やっぱりじんじん痛む。そもそも、さっき水や果実酒を飲んで身体が楽になったではないか。あんなに新鮮な感覚は夢で味わったことがない。

だとしたら、ここは小説や漫画で目にしたことがある、異世界、だろうか。車に跳ね飛ばされた衝撃で、予想もしていない場所に飛ばされたのだろうか。

「現実……ですか？　あなたにとって、ここが現実ですか？」

「俺にとってはまぎれもない現実だ。なんだったら、ほかの獣を探して倒してみるか？　もう一度強い血の匂いを嗅いだら、おまえがいるのは夢の世界じゃないことがわかる」

言い聞かせるような声音《こわね》に、ぶんぶんと首を横に振った。同時に、かすかな空腹感を覚えて羞恥に顔を赤らめた。この感覚も、夢では味わえないものだ。

ほんのすこしだけ、これが現実なのだと意識に染み込ませた途端にお腹《なか》が減るなんて、自分の身体ながら現金すぎる。

ぐう、と鳴るお腹を無意識に押さえる怜を、男が見下ろしてきた。

「おまえの名前は？」

訊かれてとまどったものの、「荘野、怜です」と返す。

「聞き慣れない名前だ。ショウ……ショウノ……」

「レイ、で構いません」

「レイか」

「あなたのお名前を伺っても、いいですか」

「ユアン・リオネル・エ、……」

気まずそうに口をつぐんだ彼は、あらためて「ユアンだ」と言い直し、背を向けて黒い獣から肉をそぎ落とす。

「新鮮だから食える。持っていこう」

慣れた手つきで肉を切り取り、そばに生えていた大きな緑の葉でくるんだユアンは剣をひと振りし、鞄から取り出した布で刃の表面を丁寧に拭った。

布きれがまたたく間に黒ずんだ血で染まっていくのを、ただぼんやりと見つめていた。

いまだに信じられない。だが、獣に食われるくらいなら、いま自分がいるこの場所が現実なのだと認めたほうがいい。

あれこれ考えていたら、またお腹が鳴り、耳まで熱くなる。それを聞きつけたわけではないだろうが、ユアンがふいっと顎を上げる。

「ここにひとりでいるのは危険だ。ほんとうにひとりなんだな？」

「そうです」

「だったら、ついてこい。安全な場所に行く。——来るか、レイ？」

「行きます」

素っ気なく言って背を向けたユアンに、レイも慌てて腰を上げた。


大股で歩いていくユアンについていくため、小走りになった。

森を熟知しているのか、ユアンの歩みには迷いがない。どこへ向かっているのか訊くこともできなかったが、レイも必死だ。ここで置き去りにされたら、獣の餌食《えじき》になるのは間違いない。それだけはいやだし、ユアンが悪人だとも思えなかった。

「ここで休憩しよう」

やっとユアンが足を止めたのは、こんこんとちいさな泉が湧く、美しい場所だ。

森の深くに達しただろうが、ここはすこし開けている。肩で息をしながらユアンとともに木の根元に腰を下ろす。見上げた空は大きく張り出した枝で遮られている。暮れなずむ光から、もう夕方なのだと知った。

「今日はここで過ごす。いいな」

「は、はい」

否《いな》と答えるはずもない。こっちはこの世界——エルハラード王国がどんなものかもわからないのだ。彼の口ぶりからしてそれなりに大きい国だとは思う。気候もそう悪くなく、元いた世界に似ている気がする。あそこで最後に感じたのは春の夜風だ。ここでも、暖かな風が頬を撫《な》でていく。

「いまは春……なんでしょうか」

四季の概念があるだろうかと不安なレイに、ユアンは「そうだ」と頷《うなず》く。

「半月前までは雪がちらつく日もあったが、もうすっかり暖かい。森も新鮮な緑が芽吹いて心地好い。冬眠から目覚めた獣もいるから気は抜けないが、一年でもっとも過ごしやすい季節だ」

「僕も春が好きです。野菜がおいしくて」

お腹が減っているから、どうしても食べものの話題がするりと口を衝《つ》いて出る。そのことにユアンはちょっと眉を跳ね上げただけだ。食い意地が張っていると思われた気がして、じわっと熱くなる耳たぶを押さえてうつむいた。

ひと息ついたところで周囲に散らばる枝を拾い集め、指示された場所に積み上げた。ユアンが慣れた手つきで木の枝に火をつける。

「レイは魔法は使えないのか？　たとえば火の魔法とか。俺は剣士だし、もともと魔道士としての素養がないから、どの魔法も使えない。旅をしていると、火の魔法と回復魔法が使えると楽なんだ」

「なる、ほど……。すみません、どの魔法も使えません」

「なら、なにができる？」

ちいさな火を調節するユアンにじっと見つめられ、落ち着かない。

なにもできない。正直にそう言えばいいのに、もじもじしてしまう。一撃で獣を倒したユアンに役立たずと思われたくなかったのだ。

あの獣も、一流の剣遣いだろうユアンの存在も夢のようだが、まさか魔法までが存在するとは思わなかった。しかし、ユアンの声音は落ち着いていて嘘《うそ》はついていないと思える。

「僕は……とくになにもできなくて……火をつけたかったらガス台のスイッチをひねればよかったし、水が飲みたかったら蛇口をひねればよかったし」

「そんな世界がほんとうにあるのか？」

「僕のいたところは、こことはすべてが違います。おばあちゃんが幼い頃も、水道やガス、電気は普通に使えてたそうです。もっとずっと昔なら、薪《まき》をくべることもあったみたいですけど——魔法は存在してません」

しだいに肩が丸くなっていきそうで、我ながら悲しい。

もし、ここが夢の世界ならなにも恐れずに自由に生きればいい。きっと誰も誹《そし》らない。派手に失敗したって目を覚ませばいいだけだ。

しかし、そうではない。おそらく、と前振りせずとも、ここは夢のなかではなく、事故に遭ったあとのレイに用意されたもうひとつの世界だと考えたほうが自然だ。

なぜこんなことになったのかさっぱりわからないが、むりやりにでも自分を納得させるなら、最後までレイを案じていた祖母のおかげかもしれない。

ほかに身よりがないレイがひとりになってしまうことを、祖母は病床でも案じていた。

『私がいなくなったあと、あなたの支えになるひとがいてくれたら』

涙混じりに繰り返す祖母の痩《や》せた手を握り、レイは『大丈夫だよ、心配しないで。僕はもう大人だから、ひとりでも生きていける』と強く言い聞かせた。

『わかってる。でも、ひとりは寂しいのよ。怜が私以外の……まったくの他人とこころを通わせて支え合っていけたらってずっと願ってるの。私はあなたが生まれたときから知ってる。目に入れても痛くないほどかわいいし、大好きよ。その想いを、肉親じゃない誰かとも分かち合ってほしい。いいことばかりじゃないでしょうけど、いまよりもっともっとしあわせになれる』

『とっくにしあわせだよ。おばあちゃんの孫として生まれたときから、僕は満たされてたよ』

『私も。だからこそ、あなたが心配。叶《かな》うなら、私が死んだあと、あなたを心《しん》から包み込んでくれる世界があればいいのに。怜をことは違う世界に、神様が招いてくれたら……』

こころからレイのしあわせを願っていた祖母が、このエルハラード王国へ飛ばしてくれたのかもしれない。元いた世界ではつらいことが続き、生きる希望を失っていたのだ。

「どうした、レイ」

「……おばあちゃんが、僕をここに連れてきてくれたのかもなって考えてました。魔法も剣も使えないけど。なにができるか、いまはわからないけど……」

ため息をつくレイのそばで、ユアンはちいさな鍋を火にかけている。そこに先ほどの獣の肉と持っていた豆を入れ、泉の水を足して木の匙《さじ》でかき混ぜている。

「とりあえず、腹を満たすことはできる」

ゆったりと漂う湯気に鼻を蠢《うごめ》かせた。なにかおいしくて温かいものが食べたいと思った途端、いままでいちばん大きくお腹が鳴ってしまった。慌てて両手でそこを押さえたが、今度はユアンにも聞こえたらしい。すこしだけ口の端を吊《つ》り上げた彼は鞄のなかから器《うつわ》を取り出し、鍋の中身をすくって渡してくれた。

「腹が減ってるんだろう。食べろ」

「いいんですか？　ユアンさんがお先にどうぞ」

「ユアンでいい。俺はあとで構わないから、おまえが食べろ。よだれが垂れてる」

「え、嘘」

レイがびっくりして口元を拳《こぶし》で拭うなり、ユアンが噴き出した。男らしい顔立ちが一瞬にして少年のようにいたずらっぽくなり、見蕩れてしまう。

「嘘だ。ほら、食べろ」

「……はい」

器を受け取りながらも、ユアンから目が離せない。黙っていれば威圧感を放つ男だが、なんだか素敵な秘密を隠しているような笑顔にこころを奪われ、ぼんやりしながら匙を口に運んだ。だが、咀嚼《そしゃく》したのも一瞬だ。

熱く煮えた肉や豆はおいしいはずなのに、なんの味もしない。ただ湯がいただけのようだ。味がしないことに混乱してもうひと口食べたが、やっぱり無味だ。肉は硬すぎるし、豆は青臭く、ぼりぼりと口のなかで嚙み潰すのもやっとだ。

率直に言って、まずい。

「これ……」

ユアンの様子をそうっと窺《うかが》った。彼はなんとも思っていないようで、「もう食べたのか？」と手を出してくる。どうやら器はひとつしかなく交互に使うつもりらしい。慌てて残りをかき込んだ。

元いた世界で口にしてきた料理で、調味料の味がしないものには一度も出会ったことがない。どんなにシンプルな味つけでも、塩か、醤油《しょうゆ》か、味噌《みそ》くらいは使っていた。

だが、ユアンはそのどれも混ぜ込んでいなかった。

どうしよう。正直においしくないと言うべきか。いや、味覚をどうこう言うのはマナーに反する。誰でも、『これ、まずくありませんか？』と言われたら腹を立てるはずだ。せっかく作ってくれたものにけちをつけるなんてどうかしている。自分がもしそんなことを言われたら、悲しくなる。

ただうっかりして味つけを忘れただけかもしれないが。

ユアンはほんとうにこのスープをおいしく食べているのか。ああだこうだと言う前に、がんばって器の中身を空にした。

「あの、訊いてもいいでしょうか」

「なんだ」

「このスープ、……味がしない、なあって……。肉と豆のほかに……たとえば塩とか醤油とか、味噌で味つけされたら、もっとおいしくいただけるんじゃないかなって」

「塩？　醤油？　それはなんだ。味噌とはなんなんだ」

胡乱《うろん》そうな彼に口ごもってしまった。

この世界には、レイが当たり前に使っていた『さしすせそ』の調味料が存在しないのかもしれない。

太古の時代なら食材をそのまま口にしていたかもしれないが、それだって動物の血に含まれる塩分、鉄分や、草木から搾《しぼ》り取れる苦み、甘みを加えて、食べやすくなるように工夫をしていたと思う。自然派をうたい、化学調味料は使わないというひとでも、最低限の味つけはするはずだ。

「なんて言えばいいんでしょう。……そうだ、疲れたときに、身体が欲する味ってありませんか？」

「……あるな。いつも鞄に、乾燥させたスキットの草を入れている。長く歩いた日の夜はそれをよく嚙んで寝ると、翌日には疲れが取れている」

「そういうの、やっぱりありますよね。スキットってどんなものなんですか？」

「食べてみればいい」

差し出されたのは、からからに乾いた茶色の細長い葉っぱだ。おそるおそる先端を齧《かじ》ってみると、想像以上の甘さが染み込んでくる。

「確かに元気が出そうです。こういう味を僕の世界では『甘い』って言ってました。味覚のひとつです。食材を口にしたとき、ひとは食感とともに味を感じます。そのひとの好みで、おいしい、まずいって感覚も味わいます」

眉根を寄せているユアンに、身を乗り出して懸命に説明した。おいしい料理を口にすることで、ひとは元気になれるとレイは信じている。

「どんどん食べたくなる味ってあります？　逆に、食べたくない味とか」

「スキットの草はそんなに好きじゃない。おまえが言う……『甘い』のがあまり得意じゃない。焼いた獣の肉は食べたくなる。表面を炙《あぶ》って、中身がやわらかいとすこし血の味がするんだ。生臭さはあるが、焦《こ》げるまで焼いたものよりはずっと好きだ」

「それはたぶん、『塩辛い』って味だと思います。汗をかいたあとに焼いた肉が食べたくなりませんか？　生き物の血には塩辛い成分――つまり塩分が混じっていて、ひとの身体には絶対必要なんです。汗をかくと塩分も流れ出してしまうので、食材で補うんですよ」

「そうなのか……。ほかにも味があるのか？」

「思わず吐き出してしまうようなものもありますよね、きっと。『苦い』という味がたいていそうです。でもちょっとだけ料理に入れるとぐっと味が引き締まりますよ」

熱心に言い募るレイに気圧されたのか、ユアンは頷いて鍋を指す。

「その味を確かめることはできるか？」

なんとかしてユアンに「おいしい味」を知ってもらいたい。

あらためて考えると、難しい。食というのは、そのひとが育ってきた環境によって大きく異なる。元いた世界だって、東のほうと西のほうでは味つけも調味料も違った。自分が美味だと感じるものを作っても、ユアンにとって食べ慣れない味なら、おいしいとはすこしも思えず、ただただ違和感しか残らないだろう。

それでも、このままじっと彼の食事風景を見守っていることはできない。祖母からたくさんおいしいレシピを受け継いだのになにもできないなんて――と考えたところではっとした。

「そうだ、ノート」

ユアンが不思議そうな顔をしているのに構わず、そばに置いていた鞄から赤い表紙のノートを取り出した。

元いた世界での持ち物は、これひとつだ。もしも祖母の願いによって自分がこの世界に呼ばれたとしたら、ひとつくらいその証《あかし》があるはずだと信じてノートを開く。

しかしそこに書かれていたのは、祖母の文字ではなかった。見たことのない、丸みを帯びた美しい形をした『なにか』が黒々と書きつけられている。

落書きだ。大きく息を吐いて閉じようとしたが、するっと視線を走らせたところで目を見開いた。

読める。さっきは落書きにしか見えなかった文字なのに、なにが書かれているか、いまはわかる。

「グルルアの木の実を三つ、アカリアの根をすり潰したもの少々、ソンクの葉の細切りを二枚……？」

さらに、どの実が、どの草木がどんな色、形をしているか、丁寧に説明されている。

「それならここらにある」

ユアンが立ち上がり、背の高い木から実をもぎ、足元に生えていた草の葉と、すこし離れた場所に咲いていた赤い草を掘り返してふっくらした根を手渡してくる。

「これがどうした」

もう一度じっくりとノートを読み込んだ。よく見れば、流麗《りゅうれい》な文字の下にちいさくちいさく添え書きがされている。それは、生前の祖母の文字にそっくりだ。

「おばあちゃんの文字だ……。【グルルアの実は薄めの塩辛さ。アカリアの根は苦いからちょっとだけ使って。ソンクの葉はお肉をやわらかくするうえに、生臭さを抜いてくれるわ。まず鍋に水を張ってお肉とソンクの葉をじっくり煮込んで。お肉がやわらかくなったら】……」

祖母の添え書きのおかげで、各素材の味がだいたい想像できた。作り方もちゃんと載っている。これなら、塩味の肉と豆のスープが作れそうだ。隠し味に苦みを忍ばせれば、単調な味にはならない。

祖母が生きていた頃はここにたまごを溶いて、あっさりとした飲みやすいスープをよく作ってくれたものだ。

「あなたのぶん、僕が味つけしてみてもいいですか」

「これが変わるのか？」

「変わります。変えてみます。ユアンが好きな血の味から生臭さを抜いて、塩辛さは活かします。きっと、おいしいです」

「吐き出さないか？」

用心深いユアンにちょっと笑った。甘い味が苦手だというなら、好きな味だってきっとある。

「試してみますね。味見しますから安心してください」

ノートのレシピどおりに実や根を割ったり潰したりしていくなかで、ひとつひとつ匂いを確かめた。どれもまずそうではない。苦みがあるというアカリアの根だけはすこしだけ使うことにし、ユアンが木片を平らにしたものですり潰した。

再度、鍋を火にかけて肉と豆、ソンクの葉を煮込む。ゆったりとかき混ぜてからユアンのナイフで砕いたグルルアの実を混ぜ、最後に潰したアカリアの根をさっと入れた。

しだいにいい匂いが立ち上ってくる。胃袋を刺激する、おいしそうな香りだ。さっき、レイが頬張ったものとはまったく違う。

ユアンに断って何度か味見し、これなら上出来だと確信した。肉は、牛すね肉に似ていた。ソンクの葉は生姜《しょうが》の役目を果たしているのだろう。消臭効果と殺菌効果が期待できる。豆もやわらかくなっているし、麺《めん》もあったらな、なんて思う。肉を食べたあとに麺を入れたら、絶品の塩ラーメンになりそうだ。

祖母のスープよりもちょっと濃いめの塩味だが、大人の男ならこのくらいがちょうどいい。ユアンはさっき大型の獣を倒したばかりで、汗もかいただろう。

「ユアンもちょっとだけ味見しませんか」

浅く顎を引くユアンが木の匙でスープをすくい、口に含む。直後に驚いた顔をしたことに、自然と顔がほころんだ。

「生臭くない……それに、身体に染み渡る味だ」

「塩辛いっていう味です」

「肉もやわらかい。あの獣の肉は煮込むと硬くなるのに。……これが塩辛いという味なのか。こんなとき、なんて言うんだ？　もう一度教えてくれ」

「おいしい、です。うまい、でも大丈夫」

「なるほど。おいしい、か。……うまい。器に盛ってくれるか」

「もちろん。たくさん食べてください」

器に熱々の肉と豆のスープを注いでユアンに渡した。

「どうぞ」

ユアンは真剣な顔でスープを頬張る。二度、三度、確かめるような顔で具を嚙み締めるユアンの表情が変わっていくのを、どきどきしながら見守った。

「レイは魔法が使えるんじゃないのか？　こんな味は生まれてはじめてだ。ほんとうにうまい」

「よかった……」

レイが見守る前でユアンはスープを平らげ、あっという間に空になった器を物足りなさそうに見下ろす。逞しい男にしてはかわいい表情にくすっと笑い、「おかわりしますか」と訊くと、すぐに器が返ってきた。

今度はもっと多めに盛りつけたスープをユアンが味わっているあいだ、レイは膝に置いたノートを最初からめくり直す。

不思議な文字は、この世界に伝わるものなのだろうか。なぜか急に読めるようになったはいいものの、書いてある食材はこの世界特有のもののようで、レイには未知のものばかりだ。下に祖母の字がなかったらお手上げだった。やわらかな筆跡は、ささやかでやさしい日々を思い出させる。

「僕、おばあちゃんに育てられたんです。両親は物心つく前に車の事故で亡くなっていて、僕は母方の祖母に引き取られました。ここに来るすこし前までずっと一緒だった。心臓の病気で亡くなるまで、ずっと。……おばあちゃんは料理が大好きだったんですよ。裕福な暮らしじゃなかったけど、僕においしいものをいっぱい作ってくれた。いま、ユアンが食べてる塩味のスープはおばあちゃんの味に似てます」

問わず語りを聞きながら、ユアンは黙って二杯目のスープを口に運んでいる。

しっかりした顎が肉を咀嚼していた。顔の半分がマスクでおおわれているだけに、どうしても口元に目が吸い寄せられる。音を立てず、品のある食べ方をするんだなと頬がゆるむ。ふっくらしたくちびるが官能的だ。

食べることは、すこし性的なものなのだろう。そんなことを考えてひとり顔を赤らめた。いま、頭のなかをユアンにのぞかれたら恥ずかしくて逃げ出してしまう。

皺《しわ》が深く刻まれたやさしい横顔の祖母の隣に立ち、温《ぬく》もりが伝わってくるようなちいさなキッチンで料理に勤《いそ》しんだ。いつも清潔にしていたコンロで鍋を火にかけると、ゆったりとおいしい匂いが部屋じゅうに立ち込めたものだ。

貧しくても、寂しさをちっとも感じたことがない毎日だった。そこに、足繁《あししげ》く通ってくるおじもいた。人好きのするおじはまだ若く、レイをたいそうかわいがってくれた。

だが、祖母が病《やまい》を患って病院で息を引き取ったあと、けっして多くない遺産を彼は持ち逃げしたのだ。そのことにどれだけ打ちのめされたか。

こころから慕っていた祖母を失った悲しみを整理する前におじへの失意が重なり、事故で命を落とすことになった瞬間、こころここにあらずだったに違いない。

あの日、あの夜。祖母を見送って数日も経たないうちにおじが逃げ、もう誰も頼ることはできない、誰かを信じても裏切られるのだと思ったらすべてに嫌気が差し、ひとりきりのアパートで膝を抱えているのがつらすぎて、夜道へと踏み出したのだ。そして、事故に遭った。

死にたいと思い詰めたわけではない。だけど、生きている理由も見当たらなかった。

ふらつく足取りで灯《あか》りのすくない夜道を歩き、ほんとうに命を落としたのかどうか、はっきりしなかった。身体が吹き飛ぶような衝撃を受けた気がするけれど、いま、手も足も動くし、息を深く吸い込むこともできる。

なにより、さっき味見したスープはおいしかった。

「もしかしたら、僕がいまここにいるのはおばあちゃんのおかげ、なんでしょうか……。おばあちゃんが死んで、あのまま元の世界で過ごしてたら……どうなってたかわからない」

「なら、この世界にやってきたことはレイにとってしあわせか?」

しあわせか、と問われて、すぐに頷くことはできなかった。

「わかりません。おばあちゃんと一緒にいた時間が僕にとって最大のしあわせでした。いつまでもやさしい時間が続く気がしていたけど――それは、甘え、ですよね。いつかおばあちゃんの手を離れる日が来るって、こころの底ではわかっていたと思う……認めたくなかったけど」

「おばあさまは、そんなおまえを案じていたんだろう。自分がいなくなったあと、ずっと泣き暮らすんじゃないかと」

　こくんと頷く。

　祖母を亡くしたあとはなにをしてもしなくても涙がじわりと浮かんだ。せっかく大学を卒業して社会人になろうとしていたのに。不況が続いていたので、きちんとした会社に就職することはできなかったものの、学生の頃から続けていたアパレルショップのバイトに精を出すと決めていた。いつか正社員にもなれると店長も背中を押してくれていたのに、約束が果たせないまま姿を消してしまったことだけは申し訳なく思う。

「あの世界で、僕は死んだことになっているんでしょうか。それとも、存在そのものが消えたんでしょうか」

　突拍子もないレイの言葉に、ユアンは腕組みをして考え込んでいる。

「——この世界には、ときおり、べつの世界から迷い込んでくる者がいると聞いたことがある。荒れる世界を救う使命を背負っているとまことしやかに伝えられているが……おまえがそうなのか？」

「そんなたいそうな者じゃありません。魔法だって使えないのに」

「おまえのおばあさまが最後まで想いを残したなら、べつの世界で生きる使命を与えたとも考えられる」

「エルハラード王国は危機に瀕《ひん》しているんですか？」

「どうかな」

くすりと笑うユアンは、どこか自嘲気味だ。

「魔法を使う者もいるし、さっきの獣よりもっと恐ろしい相手はまだまだいる。レイがいたところとは違う道を進んできた世界だと思う。いますぐにここが滅ぶことはないだろうが、そうだな。ごく普通の人間同士の裏切りは横行している。おまえが感じたような痛みを覚える者はそこらじゅうにいる」

「そう、なんですね」

魔法を使える者が普通にいても、ひとのこころまで清らかにさせることはできないらしい。

当たり前だ。住む世界が違っても、人間ならばこころがある。悪にも善にも揺れるこころが。

「おばあちゃんが僕のしあわせを願ってここに連れてきてくれたとしても、世界を救うなんてこと、とても考えられません」

「すくなくとも、おまえはおいしいという感覚を俺に教えてくれた。それだけでもすごいと思うが。俺はべつに、味つけする前のスープでも平気だった。腹がふくれて、身体が動くならそれで十分だったんだ。でも、レイのスープはまた食べたい」

「ほんとうに？　ただの手料理ですよ」

「おいしいもので腹が満たされると、胸もいっぱいになるんだな。とてもいい気分だ。食べても食べても胃袋が飢《う》えてたまらなくなるスープははじめてだった」

腹をさするユアンの声は満足そうだ。

「また食べたい。食べたい欲に踊らされて、おまえの言うことをなんでも聞いてしまいそうだ。もしかしたら、おまえの作る料理はもっといろんな場所で役立つんじゃないか？」

「僕の料理が……」

そうであれば、ここに来た理由も納得できそうだ。祖母から受け継いだ味を無駄にしないために、違う世界に連れてこられたのだとしたら。

「おばあちゃんが僕に残してくれたものがすこしでも役立つなら、嬉《うれ》しいです。さっき作ったスープはお肉が入っているから元気なときに食べるものですけど、体調を崩しているときなら消化のいいおかゆがいいですよ。ユアンも風邪を引くことがあるでしょう？　そんなときって、なに食べてるんですか？」

「身体にいいといわれる草の根を煎じて飲む。あとは寝る」

「それだけじゃお腹空くでしょう」

「仕方ない。肉を持っていても食いたくないし、魚が捕れても生臭い。草の根は……苦い。顔が歪むほどの味だが、ちょっとは身体の具合がましになるんだ」

「体調を崩さないのがいちばんですけど、そういうときは、おかゆがいいですよ。動物のたまごって手に入りますか？」

「ああ、農家があればもらえる」

「それをやさしく溶いて、ぐるっとおかゆに落とすんです。味つけはちょっと塩辛い感じで。おかゆのベースはお米です、この世界にあるかわからないけど、似たようなものがあるってこのノートに書いてあるから、使ってみるのもいいかもしれないです。穀物で癖のない味だから、どんな料理にも合います。ふんわり炊き上げれば肉や魚のお供にできるし、お腹にも溜《た》まります。ユアンみたいに身体が資本のひとにはぴったりだと思う」

「それはいい。たいていは獣の肉、川で捕れた魚、草木の実や根だけの食事だ。べつのものも食べてみたい」

「機会があれば、ぜひ」

笑いながらも、耳に入ってくるユアンの言葉はいままでに聞いたことのない異国のものだと気づいて、あらためて不思議な気分になる。学んだことのない言葉を耳にしたら普通は理解できないはずなのに、いまのレイはユアンの話がちゃんとわかるし、自分の口から出る言葉も日本語とは違う。

きっと、異世界に飛び込んだときに困らないように、祖母が授けてくれた力なのだろう。

――大丈夫だよ、おばあちゃん。一緒に作った料理を、ここで役立たせてみせる。ユアンも『おいしいという感覚を教えてくれた』って言ってくれた。

生きていくうえで、食べることは不可欠だ。誰だって身体にいいものとわかっていても口に合わないものをいやいや食べるより、ちょっとした味つけでおいしくなるひと皿を食べたほうがいいにきまっている。そういう料理を提供していきたい。

「それにしても不思議だ。ありふれた材料でこんなにおいしいものを作れるなんて」

ユアンは空になった器をじっと見ている。よほど口に合ったのだろう。素材自体は悪くないから、ちゃんとした味になったのだ。

「肉や豆のほかにもっと大きな実を入れてみてもいいかも。それに、全部が全部、僕の力ではないです。このノートにどんなものがどんな味になるか書いてある。このとおりにすれば完璧です」

「俺にも見せてもらえるか」

「どうぞ」

ページを開いてユアンに渡したものの、彼は首を傾《かし》げている。長い指でぱらぱらとめくり、「さっぱりわからん」と素直に呟く彼に思わず微笑《ほほえ》んだ。

「確かにいろいろな名前が書かれている。俺でも知っている木の実や果実、草の根っこもある。集めろと言われたら集められるが。この『適量』とか『ひとかけ』とか『少々』とか、実際どれくらいなのか見当もつかないな」

「ちゃんと測ることもありますけど、この本に書かれているのは結構おおざっぱですね。目分量というか。いままでに一度も味つけしたものを食べたことはありませんか？」

「いや、一、二度ある。さっきおまえが食べさせてくれたものと似たような料理を口にしたことがある。所用で外つ国《とくに》へ足を運んだ際、その地の料理を食べる機会があったが、レイが作ったものより、ぴりぴりしたり、焦げ臭かったりして、食が進まなかった。もともと、エルハラード王国の者も食べることにあまり興味がないからな。身体が機能する量が食べられればいいという感じだ。レイが住んでいた場所とはだいぶ違うようだな」

「食に対する意識が高いところだったんですよ。国民全員がおいしいもの好きっていうか」

「そういう場所で生まれ育ったら味覚も育つんだろう。残念ながら、ここはそうじゃない。海に面する隣国では調理技術が発達していて、食事自体が娯楽だと聞く。この国は高い山に囲まれているうえに、ろくに外交もしていないから、食文化も入ってこない。昔から、料理は生きるために必要な栄養を得るための最低限のことしかしない」

「なるほど……」

どうやら、ユアンが暮らすこの国の民は、味つけという概念がないらしい。調味料になる食材があっても活用する方法を知らないのだろう。さっき作ったスープも調味料となる複数の植物を組み合わせておいしくなった。もしも、具材をひとつしか使わなかったら、結局まずいものになっただろう。

せっかく食べるなら、もっとおいしくなる調理法があることをユアンに知ってほしい。一日二回か三回はかならず食事をするだろうし、ユアンのように大柄な男性ならそれなりに量も取るはずだ。味のない食べ物に慣れているのかもしれないが、人間、おいしいものには目がないはずだ。実際、ユアンはもっと食べたいと乗り気だった。舌をこころよく刺激する味が好まれるのは、東京でも、エルハラード王国でも同じだろう。

「おまえにはおばあさま以外の家族はいなかったのか」

つかの間頬がこわばったけれど、「おじさんが、いました」と正直に明かした。

「おばあちゃんが僕に残してくれたお金を持って、どこかに消えてしまいました。かわいがってくれたし、僕も好きだった。ギャンブルにはまって借金があるらしいってことにおばあちゃんが生前悩んでたけど……そう言ってくれたら、お金は持っていってもよかったのに」

「ここは違う場所からやってきて、戻りたい理由はないんだな」

問いかけられて、すこしだけ考え込んだ。

いくばくかの寂しさはある。便利な世界から飛ばされて、自給自足の国でやっていけるかどうか不安はあるが、頬を撫でる夜風はやさしく、東京のごちゃごちゃした下町のアパートで感じるものとはまるで違う。コンビニもファミレスも、ネットもあるあの世界でずっと暮らしてきたのだから、夜にはいちいち火を起こさないと暗闇が広がるここでの苦労はかなりのものであるはず。

それでも、祖母が残してくれた可能性に賭《か》けてみたい。生まれながらの身体とこころのまま、違う生き方をできるのだと思うと胸の底がじわりと熱くなる。

「未練はないと言ったら嘘になるけど……ここでやっていきたい。僕なりの役目を探してみたい。おばあちゃんと暮らしていた頃は毎日が穏やかでしあわせだったんだって、失ってみてはじめて気づきました。この世界で、もう一度あの感覚を取り戻せたら——僕がここで生きる意味があるなら、それを知りたい」

「そう気負うな。裕福じゃなくても無位無冠《むいむかん》でも、ひとは生きていける。……むしろ、なにも持っていないほうが自由に生きられることもある」

思うところがあるのか、ユアンの声は深みを帯びていた。

「――魔法も剣も使えない。もしいま俺がこの場から立ち去ったら、レイはすぐに獣に襲われる」

「あ、の……」

やっぱり、捨て置かれるのだろうかと思うと不安に声が上擦《うわず》った。

立ち上がって腕を組むユアンは、火の周りをゆっくりと歩く。背の高い彼を見上げていると、押し寄せてくるこころ細さに背が丸まりそうだ。

「だが」

火を挟んで、正面に立ったユアンが見下ろしてきた。

「料理を振る舞ってくれるかわりに、俺が安全な町まで護衛してやると言ったら？」

「ほんとうに……？　僕の料理なんかでいいんですか？」

弾かれたように顔を上げたレイに、ユアンはふいっと顔を背けて浅く顎を引いた。鼻の高さに合わせてマスクが作られているせいか、横を向くと端整な顔立ちがよくわかる。

「食材は俺が探す。いまはこの国でどうやって生きていけばいいかわからないだろうが、旅するあいだにきっとわかるようになる」

「……ほんとうに、……ほんとうにありがとうございます。でも、邪魔になりませんか？　あなたほど強い剣の使い手がひとりでこんなところにいるのって、なにか理由があるんじゃないですか」

ユアンの横顔が炎で薄い朱《しゅ》に染まっていた。すこしだけ憂えて見えるのは気のせいだろうか。

「俺には剣の腕しかないが、それなりに稼げるほうだ。剣士として国じゅうを旅して、ほうぼうの町のギルドから害獣退治の依頼を受けている」

「旅する目的があるんですか」

「――生きる意味を」

低い声を響かせるユアンはちらっと視線を流してきた。マスク越しに見える目元はちょっと恥ずかしそうだ。

「おまえと同じかもしれない。俺も、生きる意味を探している。故郷を出てしまったら、俺はちっぽけな存在だ。剣ひとつでどこまで通用するか、知りたいのかもしれない」

彼に家族はいるのだろうか。ぶっきらぼうに見えても、レイを見捨てないやさしさは、誰かの愛情にくるまれて育ってきたからこそ養われた気がする。

「家族はもういない」

レイの胸の裡を見透かしたような声だ。

「俺にも帰る場所がない。だから、旅をしている。おまえも来い。命は保障してやる。さっきみたいな料理がまた食べたい」

無愛想に見せかけていても、その裏側にあるほんとうのユアンは誠実だ。

もっと彼のことが知りたい。ユアンについていって、広い景色を見てみたい。

「お役に立てるよう、がんばります」

声を弾ませるレイに、ユアンは素っ気なく頷いた。

第二章

ともに旅をすると決まったその夜、レイはなかなか寝つけなかった。

たった半日で人生が丸ごとひっくり返るような驚きを味わったが、ユアンという剣士に出会えたことで窮地を脱することができた。

彼はいま、ちいさくした火の横で身体をすこし丸め、眠っている。朝まで、交代で火の番をすることになったのだ。

ぱちぱちと静かに爆《は》ぜる火の粉は暗い夜空へと渦を巻いて舞い上がり、消えていく。

生まれてはじめて火を見守るレイは膝を抱え、ぼんやりしていた。祖母のこと。姿を消したおじのこと。そして、自分のこと。

祖母がいずれ亡くなることはわかっていた。歳《とし》を重ねていたし、数年前からは病のこともあった。それでも、レイが大学を出るまではそばにいたいと何度も言っていた。きっと神様は祖母の願いを聞き入れてくれたのだろう。息を引き取る瞬間に立ち会えただけでもありがたかったのかもしれない。

しかし、悲しみが癒《い》える前に、おじが逃げた。レイ名義になっていたわずかな銀行預金も、アパートにあっためぼしいものも、すべて持って姿を消した。ギャンブルで作った借金を返したかったのだろう。ひと言言ってくれていたら、喜んですべて渡したのに。

「……信用されてなかったのかな……」

細面《ほそおもて》で、気弱なおじの笑みがちらちらと揺れる火の向こうに浮かんでは消える。かわいがってもらっていただけに、いまも胸が痛いが、もう会えない。文字どおり、住む世界が変わってしまったのだ。

ここから先の自分は、ユアンと推理したように、祖母の願いによって違う世界で新しい日々を生きていく。性格や見た目が変わったわけではないから、以前と同じように迷い、傷心のうちに終えることもできるが、せっかく生かしてもらえたのだから、いまというときを大事にしたい。

おじを恨んでも憎んでもどうにもならないし、彼が持っていった金がもしここにあっても使い道がない。

誰かを信じても、裏切られるときはあっさり裏切られる。その失意はいまも鮮やかで、ふさがらない傷口をずっと抱いて生きていくこともできるだろうが、レイはその道を選びたくなかった。

——僕には僕の、もう一度はじまる日々がここにある。

それに、まったくの無力でもない。こっちに来て間もないのに、ユアンというこころ強い男と出会えたのは降って湧いた幸運だ。それも祖母の願いに込められていたのかもしれない。

孤立無援のレイが絶望しないように、力を貸してくれた気がする。

深く深く息を吸い込み、ゆっくりと吐き出した。

必要以上におのれを鼓舞しないと、エルハラード王国でやっていくことはできない。いままでの常識は通用しないのだ。

金色に舞う火の粉に彩られるユアンを見やった。彼に救ってもらった命を無駄にすることはできない。

膝の上にある赤いノートを開いた。そこに書かれているのは流れるような異国の言葉と、やさしい祖母の文字。

ページごとに、さまざまなレシピが祖母の添え書きとともに記されていた。

野菜料理、たまご料理、肉料理に魚料理。作り方の先頭に、必要な材料も書かれている。見慣れない調味料ばかりだが、なぜか自然と頭のなかでは、甘みや辛み、塩辛さのかわりになるものだとわかる。不思議なことだが、それがこの世界での自分の能力なのだろう。基本的な味つけができれば応用が利く。

「もしかしたらウスターソースと味噌とかもできたりして。マヨネーズとかケチャップとかも」

くすりと笑い、ぱらぱらとノートをめくり続けた。味噌を作るには麹《こうじ》が必要で、発酵させ、寝かせる期間も必要だと祖母に教えてもらった。できあがるまで、最低でも半年はかかる。醤油も似た工程を経て、実際に使えるまでに手間暇がかかる。

レイがこれまで口にしてきた調味料はどれも複雑な作りだが、塩はその成分を含んだ塊《かたまり》から抽出できる。甘みや辛みもユアンの手を借りて、草木から搾り取り、漉《こ》したり乾かしたりすれば使えると思う。

きっとできる。やってみたい。祖母と作った味をここで再現してみたい。

「たまごと野菜炒《いた》め……肉の蒸し焼き、魚のパイ包みか」

『料理を味わうとき、難しいことはなにも考えなくていいの。おいしいって、ただそれだけが浮かべばいいのよ』

病院でも繰り返しそう言っていた祖母は、根っからの料理好きだった。レイの曾《そう》祖母にあたるひとがイギリス人で、祖母も結婚するまでは質実剛健な英国に住んでいた。ちいさな貿易会社を営む日本人の祖父と出会ったことで日本へ移住し、母を産んだ。

あまりに幼い頃に両親が亡くなったものだから、レイはふたりの顔を覚えていない。祖母がよく見せてくれたアルバムには、焦げ茶の髪と目をしたやさしい男女が写っていた。レイの明るい茶色の髪と陽に透けるような蜂蜜《はちみつ》色の瞳は祖母譲りだ。

目立つ容姿のレイは幼い頃から子どもたちのあいだで浮いた存在で、言葉を交わせる友だちはほとんどいなかった。見た目の違いをからかう言葉に傷ついたことも、かぞえきれないほどある。

誰ともうまくつき合えなかった。そんなレイを、祖母は丸ごと受け入れてくれた。

『怜の髪も目も、すべてが綺麗《きれい》よ。この世でいちばん輝いている』

孫とふたりのつましい暮らしを送るなか、祖母は賢くやりくりし、どの食材も丁寧に最後まで使いきった。葉っぱも、実も、根も、肉の切れ端も魚の頭や尾も、どうすればおいしく食べられるか、祖母はよく知っていた。

『おばあちゃん、お料理上手だねえ』

幼い頃から祖母の味に慣れ親しんでいたレイが褒めるたび、祖母は嬉しそうに顔をほころばせていた。レイは成長してからも細身のままだったが、食欲旺盛な子どもだった。それも、祖母がこころを込めて食卓を調えてくれたからだろう。

『怜はおばあちゃんのこと、大好きでいてくれるのね』

『わかるの？　なんで？』

『だって、おばあちゃんの料理を味わってくれてるもの。もしも、怜がおばあちゃんのことをよく思ってなかったら、味が尖《とが》ったり、苦かったりするのよ』

『とがる……って？　どういう味？』

首をひねると、祖母はおかしそうに笑っていた。

『いつかわかるわ。ううん、わからなくてもいい。怜にはおいしい味だけを知っていてほしい』

いまはまだなにを食べてもおいしく感じられるけれど、この世界に馴染《なじ》むうちに、砂を嚙むような味気ない感覚を覚えることもあるかもしれない。

ひとつ息を吐いて、ノートを閉じた。

ここに記されているのはどれも知らないレシピばかりだが、しっくりと手に馴染む、使い込まれた赤い表紙は確かに祖母が毎日めくっていたものだ。

料理の仕方はぜんぶ祖母に教わってきた。旬の素材の選び方も、いちばんおいしく食べられるタイミングも。

だからさっき、ユアンを喜ばせるスープが作れたのだ。あんなにおいしいスープを、死ぬ間際の祖母にひとくちでもいい、食べさせたかった。

『あなたが好きなひとと一緒に、おいしいねって言い合えるひと皿を教えてあげる』

いつかの祖母が茶目っ気たっぷりに言っていたことを思い出し、膝を抱え直した。

意識がぼやけてとろけそうだが、居眠りするわけにはいかない。ユアンはまだ眠っている。もうすこししたら目を覚まし、火の番をかわる。それまでは、しっかり起きていなければ。

目の前は明るくて地面の色もわかるくらいだが、肩越しに振り返れば鬱蒼《うっそう》と茂った森が大きな口を開けている。じっと見つめているといまにも吸い込まれそうだと、肩をちいさく震わせて火に向き直った。

ずっと座っていると身体が固まってしまう。その場で立ち上がり、思いきり背伸びをした。

そのときだ。

ころん、となにか白っぽいものが視界の隅から転がってきた。

「……なんだ？」

まさか、魔物か。

とっさに身構えた。こっちは丸腰だ。すぐにユアンを起こしたほうがいいと頭の隅で考えつつ、白っぽいそれにそろそろと近づいてみた。

「たまご……？」

丸みを帯びたそれは、たまごに見えた。慎重に両手で抱え上げてみると、大きさのわりにはさほど重くない。硬い殻で守られたたまごを手の上でころころとひっくり返す。やさしい黄みがかったたまごはところどころに灰色の斑点《はんてん》がある。

どうしてこのたまごが闇のなかから転がり出てきたのだろう。親はいないのか。巣から落ちてしまったのかと案じたが、どこにもひびは入っていない。

不思議で、ちょっと怖くもある。

「レイ……？　どうした、そのたまご」

「あ、ユアン。これ、ついさっき、転がってきたんです」

うっすらと眠気を残しながらも目を覚ましたらしいユアンに声をかけられ、「ほら」と手渡す。

「いきなりそっちから転がってきて。親が目を離した隙に巣からこぼれてしまったんでしょうかね。だったら、戻してあげないと」

ユアンはひとしきりたまごを探り、深く頷いた。

「俺が間違っていなければ、これはドラゴンのたまごだと思う」

「え？」

目を丸くするレイと違って、ユアンは真剣だ。

「ドラゴンは、たまごの頃から桁外れの力を持っていると聞く。生まれる前に親が自然のなかに放して、自力で孵化《ふか》するのだとか。そうしないと本来のドラゴンの強さが存分に発揮できないと、古い書物で知った。大人の男の手で持てる大きさで、黄みがかった地に灰色の斑点があって、さらにはてっぺんに赤い星のようなしるしがあるものは、ドラゴンのたまごだと言われている。見てみろ。ここに赤いしるしがある」

「ほんとだ」

先ほどは気づかなかったが、ユアンが言うとおり、なめらかなたまごのてっぺんにぽつんと赤い星のようなものがある。

「ドラゴンって、あの、大きな翼で空を飛んだりする生き物……？　火を吐く魔獣、ですよね」

「ああ。世界最大の生き物だ。孵化して成長したら、この森ごと両翼でおおい隠せるほどの大きさになる」

「伝説の存在だと思ってた……」

「俺もそうだ。本のなかか、ひとの噂《うわさ》でしか知らない。実物には会ったこともないが……ここに転がっていたということは、親ドラゴンはこの森を通ったのかもしれないな」

「これ、生きてるんでしょうか」

「たぶん」

ユアンはたまごの表面を指先でそっと撫でている。

「触れると温かい。親から離れたドラゴンに帰巣《きそう》本能はないらしい。生を受けたときから世界の覇者になるために親の力を借りずに生き抜くと本にあった」

「すごいな……殻が割れたら、たったひとりで育つんですね」

「そうらしい」

たまごを返してきたユアンが真面目《まじめ》な顔を向けてくる。

「おまえが育ててみるか」

「そんなことできるんですか？」

「できると思う。この殻の硬さだったら持ち歩いてもそう簡単には割れない。大きさから考えると、孵化するまでそう時間もかからないはずだ。使ってない布があるから、それにくるんで持っていけ」

「もし、たまごが孵《かえ》らなかったら？」

「そのときは割って目玉焼きにすればいい」

ことともなげに言い放つユアンにちいさく噴き出した。

「自立心が強い生き物だったら僕に懐かないかもしれないけど。ほんとうにドラゴンなら……見てみたい。伝説の魔獣に会ってみたい」

「ああ、俺もだ」

「連れていきます」

頷いて、レイはそっとたまごを撫でた。

第三章

町まで簡単にたどり着けるとは思っていなかったが、これは想定外だ。

肩で息をするレイは広い背中を必死に追いながら、足を速めた。どこかでいったん立ち止まったら、一気に疲れが襲ってきそうだ。

旅がはじまってまだ三日目。レイの身体が慣れていないことはユアンがいちばんよくわかっているだろう。

その証拠に、今朝だって遅めに起こしてくれた。長時間、周囲に気を配りながら森を歩き続けるユアンに自分ができるお礼と言えば、食事を用意することだけだ。

『無理しなくていい。木の実や根っこを煮たものだけでも俺は十分だ』

ユアンはそう言ってくれたが、レイにはあのノートがある。表紙を開けば、森のなかで採れる食材を中心にしたレシピがたくさん書かれていた。

初日に使ったグルルアの実やアカリアの根は簡単に手に入る。とくに塩っ気を出してくれるグルルアの実は重宝した。ここが日本なら、まろやかでコクのある醤油も多く使いたいところだが、グルルアの実だって負けていない。それだけでは単調な塩味だが、ほかの具材と混ぜ合わせると思いのほか深みのある味になった。

朝は塩味の熱いスープに、ユアンが教えてくれたイサンというダイヤ型の大きな根菜を土のなかから掘り出し、ひとくちサイズに切り分けて煮込んだ。ほくほくとしたベージュ色のイサンの実はジャガイモによく似ていて、お腹に溜まりそうだ。炭水化物であるパンや米の代用品として使えそうだと判断し、行く先でイサンの葉が茂っているのを見つけると地面に膝を突いて土をかき分けた。

たんぱく質や食物繊維もほしいなと思っていると、ユアンの目の前に白っぽいうさぎに似た小型の獣が数匹飛び出してきた。ユアンは迷うことなく狩り、器用に皮を剝《は》いで血を抜き、レイに渡してきた。

目の前でちいさな動物が食材になっていくことにたじろいだが、怖《お》じけていたらこの世界では生きていけないと自分にはっぱをかけた。

おかげで、昼も夜も肉を食べることができた。ユアンと一緒に細かな挽肉《ひきにく》にして、すり潰したグルアの実を混ぜ込んで捏《こ》ね、串に刺してじっくり焼くと、まるで肉団子みたいにおいしい。

元いた世界では、すべての食材をスーパーで買っていた。米もパンも、肉も野菜も魚も。生まれも育ちも東京だから、食事はおいしくても、材料を手にできるありがたみがいまいち感じられなかったように思う。

ここでそれを学ぶのだ。

その夜、長時間歩いたことでくたくたに疲れ、火を囲んでいる最中から座り込んだままぐっすり眠り込んだレイのかわりに、ユアンはマントを地面に敷いて簡易の寝床を作ってくれた。

火の番もほとんど任せてしまったことを詫《わ》びるレイに、「すこしずつ慣れていけばいい」と言っただけだ。

聞きようによっては冷たくも響いただろうが、その声にはなぜか惹《ひ》きつけられるものがあった。命を救ってもらったうえに、安全な町まで護衛を申し出てくれている。自分ひとりだったら、とてもではないが旅を続けられなかったはずだ。

そして、もうひとつ。

ユアンがマスクで顔の半分を隠していることが気になってたまらない。あらわになった部分から想像するに、目を瞠《みは》るほどの美形のはずだ。しかし、もしかしたら消せない傷を隠しているのかもしれない。

眠るときもユアンはマスクをつけたままだった。小川や泉で顔を洗うときはレイから離れ、ひそかにマスクを外しているようだった。こっそりあとをついていくのはさすがに品がないとおのれを諫《いさ》めたが、やはり気になる。

もっと親しくなったら、マスクをつけている理由を明かしてくれるのではないか。もし、隠し通されてもそれはそれだ。ひとには明かしたくない秘密のひとつやふたつはある。

翌朝、いつもどおりのスープを作ってふたりで食べた。ユアンがちいさな鍋と器、水と果実酒を持ち歩いていて助かった。旅人なら当たり前の装備なのだろう。レイは突然こっちに来たから、祖母のノートと水を入れる容器しか持っていない。

煮たり焼いたり蒸したりと、ひととおりの調理はできるが、かまどをはじめとした設備や器具があればユアンにもっとおいしいものを食べてもらうことができる。

そんなことを考えながら一緒に歩いていると、彼が前方を指した。

「この先にちいさな村があるはずだ。以前、ここらを歩いていたときに見かけた。そこで水と食料を分けてもらおう。交渉次第ではひと晩部屋を借りて休める。安心して水浴びもできるぞ」

「よかった」

思わずほっと息をついた自分がちょっと情けない。

清潔すぎる世界からやってきただけに、一日も早く泥や埃《ほこり》を洗い流したかった。顔を洗い、口をゆすぐくらいの水は初日に立ち寄った泉で確保していたが、さすがに水浴びは無理だ。

欲を言うなら熱い湯に肩まで浸《つ》かりたいけれど、さすがに高望みだとわかっている。

無意識のうちに肩掛け鞄に触れていた。そこには、ドラゴンのたまごが入っている。ユアンはたまごが孵ると言っていたが、いまのところ、殻にひびが入る気配はまったくない。たまにコツコツと爪先で軽く叩いてみたものの、たまごはしんとしている。

『……孵りますよね？』

訊いてみると、ユアンは、『たぶん』と頷いていた。

『俺が読んだ書物によれば、ドラゴンのたまごがいつ孵るかは、はっきりしていないそうだ。一週間で孵るものもあれば、三年かかるたまごもあるらしい。レイが持っているたまごもいつ割れるかわからないが、ひとまずしばらく様子を見たほうがいい。ほんとうにドラゴンが孵ればおまえも伝説になれるぞ』

その言葉に、気持ちが楽になった。孵化するまでなにが生まれてくるか正直わからないが、ドラゴンだったらいいなと思う。不思議な世界に飛んできてしまった以上は、物語のなかでしか目にしたことがない空想上の生き物に会ってみたい。

『背負っているうちに突然割れたりするかもしれませんね』

大切にたまごを運ぶのはいまの自分にとっては重要な仕事だ。

「ユアンも疲れたでしょう。昨晩もあまり寝てないだろうし」

「俺は平気だ。森や山には幼い頃から慣れ親しんでいる」

前を歩く逞しい男は肩越しにちらっと振り向く。

「狩りが好きだったんだ。よくひとりで、跳ね回る動物を追いかけた」

「捕らえたら食べるんですか」

「たいていはな。町に戻らず森で過ごす時間のほうがずっと長かった。狩った動物たちをさばくのは得意なんだ」

「僕もそのうちひとりでさばいてみたい。以前は、肉も魚も切り身を買って食べてたんですよ。皮を剝ぐことも血抜きもしないですむからすごく楽だけど、自分の身体を生かす食べものがどこからどんなふうに来ているのか、知ったほうがいいなっていまは思います」

「ひとつずつ覚えていけばいい。おまえにできないことは俺が手伝う」

素っ気ない言い方が逆に彼のほんとうのやさしさを証明しているようで、レイは軽い足取りでやわらかな地面を踏み締めた。

しばし歩いていくと、赤や緑の屋根が見えてきた。褪《あ》せた色は長いこと陽にさらされたせいだろう。素朴な家々は五軒ほどあり、のんびりした動物の鳴き声があたりに響く。ひとつひとつの家が大きく、庭も広い。

「あそこに寝台の看板が出てる。宿屋だ」

ユアンが指したほうに、赤い屋根の下に寝台の絵が描かれた看板を提《さ》げる家があった。ユアンが先に入り、跳ね上げ扉越しに声をかけた。

「邪魔する。今夜、部屋を借りたいんだが空いているだろうか」

「ええ、ええ、空いておりますとも。おふたり一緒のお部屋でいいんですか？」

ひとのよさそうな中年の女性が清潔な前掛けをひらひらさせながら、奥から顔をのぞかせた。彼女が、ここの女将《おかみ》なのだろう。マスクをつけているユアンに驚くこともなかった。

肩越しに振り向くユアンが、「どうだ」と訊いてくる。ぜひ、とレイは頷いた。

「それでいい」

「では、お代を先に。銀貨四枚ですよ」

ユアンがマントを跳ね上げ、下衣《かい》のポケットに押し込んでいたちいさな袋を取り出す。ほどよくふくらんだそこから一枚の金貨を取り出して女将に渡すと、数枚の銀貨が返ってくる。それを見て、慌てて彼の袖を引いた。

「ユアン、お金」

「ん？」

「僕のぶんまで払ってるんですか」

「ああ。おまえは金を持ってないだろう。気にするな」

「でも」

なにもかも彼の世話になるのは申し訳ない。そう言うと、「レイの料理で十分だ」と返された。

当然だが、この世界でも金は必要だ。どうすれば稼げるのだろう。身ひとつでやってきただけにそう簡単にはいかないだろうが、なにか手段はあるはずだ。誰かの手伝いをするとか、どこかで働かせてもらうとか。

「お夕飯はどうしますか。凝ったものじゃありませんが、お出しできますよ」

「それなら」

ユアンが振り返り、「レイ」と声をかけてきた。

「ここで一緒に料理してみないか？　宿屋だから道具はいろいろあると思う。女将たちに、これまで食べたことのない味を披露したいんだが、どうだ」

「もちろん、喜んで」

守られてばかりいる自分がすこしでも役に立てるなら、どんなことでもしたい。そう思うと、自然と声も弾む。

「あら、嬉しいお誘いですわ。では、お夕飯前にお声がけしますね。お部屋はこちらです」

案内されたのは、陽当たりのいいこぢんまりとした部屋だ。

窓には爽やかなグリーンのカーテンがかかり、すこし離れたところにちいさなベッドが二台置かれていた。久しぶりにふかふかのベッドで眠れるのかと思うと、いまにも眠気が襲ってきそうだ。

女将が去っていってから荷物を部屋の片隅に、布にくるんだたまごは窓際に置いて、ユアンと向かい合わせでベッドの縁に腰かけた。

この数日、森のなかで寝起きし、慣れない葉擦れや動物たちの鳴き声に驚いていたので、熟睡できなかった。

ひとまず、ここは安心できる。

自然とまぶたが重くなってきたことに、めざといユアンは気づいたようだ。

「眠そうだな。すこし寝ておくか」

「いえ……、大丈夫です。ユアンにも夕食を食べてほしいし、水浴びもしたいし」

「だったら、女将に水を用意してもらおう」

いったん腰を下ろすと立ち上がるのが難儀だが、なんとかユアンのあとをついていく。女将は機嫌よく庭に案内してくれた。大きめの桶《おけ》に井戸から水を運んで注ぎ、ユアンと交互に身体を洗うことにした。

「おまえから先に浴びろ」と言ってユアンがさっさと姿を消したので、ありがたく木陰で服を脱いだ。屋外で水を浴びるなんてはじめてだが、案外、開放的で気持ちいい。

そろそろと冷たい水を全身に浴びて、埃っぽい髪からも汚れを落としていく。そういえば、こっちには石けんなんてものはあるのだろうか。シャンプーやコンディショナーはないだろうが、植物性の石けんくらいは存在しそうだ。

ユアンにあとで訊いてみよう。

身体じゅうを布で擦ってさっぱりしたところで、再び衣服を身に着けた。綺麗に洗った桶に新たな水を張り、部屋で剣の手入れをしていたユアンと交代した。マントを外しているが、顔の半分は相変わらず隠されたままだ。

「すごく気持ちよかったです。ユアンもごゆっくり」

「おまえは寝ていろ」

「大丈夫ですよ。あとはもうごはんだけですもん」

ユアンが部屋から出ていくと、あらためてベッドに腰かけて室内を見回した。気取らない内装は素朴で、隅々まで綺麗だ。祖母と住んでいたアパートは安い家賃だったが、一応鉄筋コンクリートででいたので、こうした完全な木製の家はめずらしく思える。

ちいさな村だからそう多くの旅人が来る場所ではないだろうが、居心地がいい。

元いた世界と季節のめぐり方が同じだとしたら、いまは初夏に向かう頃だ。庭に通じる窓を開くと澄んだ風が入り込んでくる。

深い森とはまた違う、明るく軽やかな緑の木々がきらきらとまぶしい。

目が休まる緑をじっと見つめていると、長旅の疲れがしだいに意識を呑み込んでいくようだ。

すこしだけ。

眠るとしても、ほんのちょっとだけ。

自分にそう誓ってまぶたを伏せ、ベッドに身体を横たえた。途端にすうっと眠りに引き込まれ、さらさらとした風に身を任せた。

ふんわりと温かい指先で頬をなぞられている——気がする。

きっと、祖母だ。異世界に飛んできたレイがどんなふうに過ごしているか気にして、夢に現れてくれたのだろう。

——おばあちゃんが亡くなったあと、おじさんがお金を持って消えた。どこに行ったかぜんぜんわからない。でも、わからなくていいんだ、もう。僕は違う世界に来た。ここでなんとか暮らしていくことになるみたいなんだ。ユアンという頼もしいひともいるから、きっと大丈夫。おばあちゃんにも会ってほしい。

ユアンの名を呟くと、頬を撫でる指がぴたりと止まる。しばしためらった様子を見せていた指は、またゆっくりと動き出す。前よりもっと繊細な指先の動きになんだか胸が締めつけられ、泣きたくなってしまう。

祖母の指よりもしっかりしている気がする。食材を扱うのに長《た》けた祖母もよくレイを撫でてくれたが、いとおしみ方が違う気がする。

だけど、いまは眠気のほうが勝っていて、まぶたを開ける力はない。もうすこしだけ深く意識を手放したあとなら、見違えるように晴れやかな目覚めが待っている。そんな気がした。

頬を撫でるのが夢のなかの祖母なのか、それともまったくの別人なのか判別がつかないまま、深く息を吸い込んでは吐き出す。

さらに深い階層へと意識は下りていき、そこから先はなにも覚えていない。

「……――レイ」

艶のある声に、はっと飛び起きた。視界いっぱいにユアンが映り、マスクをつけていても男らしい精悍な顔立ちに息を呑んだ。間近で見るには整いすぎていて怖いくらいの美形だ。おおいかぶさってくるような格好の男に、胸が高鳴る。

「ユアン、ン」

「……ぐっすり眠っていたな。起こすのは忍びなかったが、腹が減っただろう。なにか食べてからちゃんと寝ろ」

「え、あ……そうか、寝てたんだ、僕」

水浴びから帰ってきたあともしばらくはレイの寝顔を見ていたらしいユアンは浅く顎を引き、身体を起こす。大きな手で髪をくしゃりと撫で回され、骨っぽい感触に、さっき頬を撫でてくれたのはこの手だと気づいて、胸の奥に火がともるようだった。自分でも変だなと思うほど、嬉しい。

「女将さんをお手伝いするんでしたね」

まだいくらか眠気が残るが、腹も減っている。ユアンの言うとおり、しっかり食べたほうがよさそうだ。

ふたりで厨房《ちゅうぼう》らしきところに向かい、背を向けている女将に声をかけた。

「遅くなってすみません。夕ごはんの支度、お手伝いします」

「いいんですか？　じゃあ、一緒に。なにからなさいます？」

ちょうど野菜の皮を剝《む》き終えた女将から包丁を受け取り、まな板に置いたぶ厚い肉の塊を切り分ける。脂がよく乗っていておいしそうだ。

「いいお肉ですね。どう調理してもおいしく食べられそうです」

焼くか、煮るか。調理器具がそろっているなら蒸し料理もいい。味も染み込むだろうが、もうすこしひねりたい気もする。

「今夜はおふたり以外、お客様はいらっしゃらないんですよ。この村は、遠く離れた王都からわざわざやってくるお役人や商《あきな》いの方が隣町まで行く際に泊まっていかれるだけで、普段はほとんどが顔見知りなんです。お客様たちみたいにまったくのよそからやってくる方々というのはほんとうにめずらしくて、村じゅう、興味津々」

くすりと笑う女将が、「よかったら」と笑顔を向けてきた。

「村の皆もおふたりと一緒に食事がしたいと言ってます。もし、ご迷惑じゃなければ……」

「僕は構いません。たくさん作るのは楽しそうですし。ユアンは？」

一瞬、ユアンが顔を引き締める。あまり表情を動かさない彼だが、なんだかいつもと違う。

「どうしました、ユアン？」

「いや、なんでもない。俺も一緒に卓を囲もう。これからの旅に役立つ情報を仕入れられるかもしれない」

「確かに。こんなふうにしょっちゅう宿に泊まれるわけじゃないですもんね。いまのところ食べるものも寝る場所もユアンが見つけてくれるから問題ないけど……僕も、食用になる草花や木の実を見分けられるようにがんばります。あと、狩りも」

「特訓だな」

「はい」

一緒に旅していくなら、足手まといにはなりたくない。すこしでも役に立ちたい。生きるためならなんでもしたいというのが、いまの正直な気持ちだ。

大きな肉の塊をどう調理しようかと考えていると、女将が鍋に草木の根を入れている。どうやら、汁物を作ろうとしているらしい。

「このあと火にかけて、いつもどうするんです？」

「そうねえ。全部くたくたになるまで煮込んだら、それでできあがり」

「味つけは？　肉や魚もですけど、草木をそのまま食べるにはすこし癖があるでしょう」

ユアンも言っていたが、やはり調味料というのはどこにも存在しないのだろうか。

女将は首を横に振り、「癖はあるけど、もう慣れてますよ」と言う。

「調味料……というのかしら、噂には聞いたことがあります。外つ国では使われているようですけど、そういうものはこの国では手に入らなくて。素材そのままをいただきますよ」

あたりで採れる木の実や葉を合わせてすり潰したらすばらしい調味料になるのだが、抜群の匙加減を見つけるというのは料理上手でも苦労する。どの調味料をどれくらいの量使うか。工夫と時間が必要だ。そもそも、レシピもないのだろう。

「調味料があれば……料理はもっと変化する」

ユアンが噛み締めるように呟く。そういえば、ユアンは以前、味つけされた料理を口にしたことがあると言っていた。

素材の味を生かした調理に慣れていたら、いきなり濃い味は受けつけられないだろう。けれど、そんなユアンでも、すっかり赤いノートのレシピの虜《とりこ》になっていた。同じ感覚を女将たちにも味わってほしい。

「今夜は外国のひと皿を楽しむという感じでどうですか？」

「まあ、ほんとうに？　刺激がすくない村だから、きっと皆大喜びします。うちにある材料ですけど、お肉のほかにこちらもあります。畑で採れたモーシの実を潰して乾燥させて焼き上げたものと、植物から採れた油、たまごです。こっちは乳から作った塊がふたつ。モーシにこの塊を塗ったり載せたりして食べるんですよ」

大きな壷《つぼ》に入った油とたまごにレイは喜んだ。モーシはまるで小麦のパンそっくりだし、乳の塊はいわゆるチーズだ。

こちらの世界にもパンのかわりになるものがあるなら、料理の幅がぐっと広がる。パンをそのまま食べてもいいし、元となるモーシの実をさまざまに使うことも可能だ。

調味料はほとんどないと諦めかけていたが、チーズとバターのかわりになる乳の塊に、ほかの木の実、草木を混ぜればおいしくなる。

この材料ならなにが作れるだろうかと思いあのノートを開くと、『肉の揚げ焼き』なる文字が目に飛び込んできた。添え書きされた祖母の文字を読んでみると、いわゆる『カツレツ』のレシピらしい。

「肉の揚げ焼きにしましょう」

「揚げ焼き？」

ユアンと女将がそろって首を傾げるので、いちから説明した。

「筋を叩いて薄く切った肉を卵液につけて、細かく砕いたパン粉……ではなくてモーシの粉をまぶして、油でカラッと揚げます。すり潰したグルルアの実をぱらっと振りかければ、さっぱりした味わいの揚げ肉が食べられます」

説明している途中から女将が身を乗り出してきて、目を輝かせている。

「お腹が空いてきましたわ。こういうとき、なんて言うんだったかしら……」

「おいしそう？」

「そうそう！　おいしそう、おいしい、ですわね。ずっと昔、外つ国からやってきた旅の方が故郷の食べものを分けてくれたことがあって、皆びっくりしたんですの。さくさくしたちいさなおやつで、固いのに口溶けがふんわりしていて」

クッキーだろうか。そういうおやつも、この国には存在しないようだ。

「そのおやつに皆夢中になってしまって。旅の方から買わせていただいて、しばらく大事に食べていました。遠く離れた故郷の味を、旅の方は『おいしい、おいしい』ってにこにこしてました。……おいしいって感覚、久しぶりに思い出したいわ」

女将の期待に全力で応えるため、準備を整え、レシピどおりに肉を卵液に浸す。村の住人たちも来るから、多めに作らなくてはならない。ユアンにも手伝ってもらい、ふと壁に目をやると丸時計がかかっていることに気づいた。森にいたあいだは陽の傾き加減でおおよそのときの流れを摑んでいたが、村や町なら、時計も普通にあるのだろう。ならば、この世界でも文明的な生活が送れる。

ついでにスープもこしらえた。先ほど女将が作りかけていた汁物に塩味を足し、仕上げに溶きたまごを垂らしてゆっくりかき混ぜれば、黄色のリボンがふんわり浮いたような、なんともおいしそうな一杯ができあがった。

「なんていい匂い……。こんな匂い、はじめてですよ」

台所じゅうに漂う匂いに女将は嬉しそうだ。

「すぐに食べたくなっちゃいますよね。もうすぐできあがりますから、皆さんを集めてもらってもいいですか」

「ええ、いますぐ！　食堂に集まってもらいましょう」

「俺は食卓を調えよう」

女将は村の者を呼びに行き、ユアンは棚から皿やコップを取り出して、食堂の大きなテーブルに並べる。黙々と働く姿を横目で見つつ、くすりと笑った。

普段、ユアンと旅しているあいだはあまり感じないことだが、穏やかな家のなかにいる彼はなんとなく窮屈そうで、どこかしっくりこない。

ユアンは雄々《おお》しさと気高さを兼ね備えている。それは、一庶民の自分では絶対に手に入らないだろうと思うようなレベルのものだ。

どこでどんなふうに暮らしてきたら、彼みたいな気品を身につけられるのだろう。フォークやスプーン、ナイフを一本一本テーブルに置いていくユアンの手つきは丁寧だ。

「レイ、肉を盛りつける皿はこれでどうだ」

「いいですね。じゃあ、早速」

熱い油に衣をつけた肉をくぐらせ、どんどん揚げて皿に載せていく。

こんがりといい色の焦げ目がついた肉を見て微笑んでいると、庭に出ていた女将が爽やかな香りの緑の実を数個持って戻ってきた。

「これ、お料理に使えないかしら。ヨウの実です。汁を搾ると、口のなかがきゅっと締まる青っぽい味がします」

「いいですね。お肉にかけましょう」

レモンのかわりになるとレイも喜び、ヨウの実の汁を椀《わん》にぎゅうっと搾り出す。思ったとおり、ツンと青っぽさがある匂いが漂う。ちょっとだけ舐《な》めてみると、いい具合に酸っぱい。これなら、肉の揚げ焼きを引き立ててくれそうだ。

そばにやってきたユアンも鼻先を蠢かす。

「うまそうだ。俺たちが拾ってきた草や木の実で調味料を作ったのか？」

「そうです」

醤油や味噌に近い発酵食品を作るにはまだ腕も時間も足りないが、塩、砂糖のような味はほとんど完璧だ。いずれ、コショウ科に似たものも探したい。

揚げたての肉にヨウの実の汁を振りかけた皿。熱々の塩のスープ。モーシの粉でできた、いわゆるパンに、チーズらしきものも挟んで皿に盛りつけた。

「もっとがんばれば、複雑な香辛料も作れるようになります。いまよりさらにおいしい料理ができますから、待っててくださいね」

揚げ焼きが作れるなら、コロッケのようなものだってできる。森で食べたイサンの実はジャガイモにそっくりだった。あれを茹《ゆ》でて鉢で潰し、衣をつけて油で揚げれば、ほくほくのおいしい異世界コロッケができるはずだ。考えていたら口のなかにじゅわりと唾が溜まり、食いしん坊な自分が恥ずかしくなる。

食べることは大事だ。食事の時間が楽しいなら、日々に張り合いが出る。

「今度は、挽肉とイサンの実を捏ねて揚げたものも食べてください。ユアン、きっと気に入ると思う」

「それもノートに書いてあるのか？」

「さっきちらっと見ました。ほとんどの肉料理が記されているから、いろんなものが作れますよ。調味料も、どの草とどの実を合わせれば甘くなるか、塩辛くなるか、書いてあります。さっき言った香辛料についても書いてあるんですが、このへんで手に入るものではないみたいなんですよ」

なるほど、とユアンは大皿をテーブルの真ん中に置く。

「ならば、ここからもっと先に行けば見つかるかもしれない」

「ですね。スープの味見、してみますか？」

「ああ」

隣に立つユアンに、スープを取り分けた小皿を渡す。立ち上る湯気をふうっと吹いてから、慎重に口をつけた男がわずかに目を瞠った。

いつも彼のそばにいるから、マスク越しでも些細《ささい》な変化を感じ取れるようになっていた。

「もしかして、おいしい？」

「いままで飲んだスープのなかでいちばんだ」

「よかったぁ」

ほっと胸を撫で下ろし、レイも小皿に熱いスープを移して口に運ぶ。塩味が利いていて、食欲をそそる汁物はほかの皆にも喜んでもらえるはずだ。

「うん、上出来」

にこりと笑ってもう一度皿に口をつけていると、ユアンの視線を感じる。仰ぎ見れば、ユアンはなぜか困った顔をしていた。

「どうしたんですか？」

「……いや、そんなにためらいなく同じ皿に口をつけられると……」

ぼそぼそとした声を最後までたどれなくて、「なに？　なんて言いました？」と身を寄せれば、ユアンはたじろいで後ずさる。

「なんでもない。準備をしよう。そろそろ皆来る頃だ」

「あ、そうか」

慌ててスープを木の匙でかき回していると、「お待たせしました！」と女将の声が聞こえてきた。続いて、ひとびとの賑《にぎ》やかな声が食堂に響く。

「おお、女将の言うとおりじゃないか。なんていい匂いなんだ」

「ほんとうにねえ。こんなにいい匂い、はじめてよ」

「腹が減った。たまんないな、この匂いは。なんて言うんだったか、こういうとき」

「おいしそう、うまそう、じゃないですか？」

レイが口を挟むと、村の住人たちがいっせいに頷き、「そうそう！」と声を上げる。

「うまそうってやつだ。昔、旅人に教えてもらったな」

わいわいと言い合う大人が十人、幼い子どもが五人。女将にいざなわれ、わくわくした顔でテーブルに着く。

「あんたたちが旅のお方だな。女将から話は聞いている。こんなひなびたところによう来なすった。私が村の長《おさ》、ステファンだ」

壮健でほがらかな声音のステファンは見事な白髭《しろひげ》をたくわえ、長細いテーブルの突端から笑いかけてきた。

「はじめてお目にかかります。レイと申します」

レイが深く頭を下げる横で、ユアンも同じようにする。精悍な相貌をマスクで隠すユアンにふと目を留めたステファンは「おや、そちらは……」と首を傾げた。

「どこかで……見たような」

「勘違いだろう。俺たちはただの旅人だ」

「そうか？　いや、しかし……私が見間違いなどするわけがないが……マスクをつけているから自信がないが……」

じっと見つめてくるステファンに、ユアンが気まずそうに身じろぐ。それを見て取ったのだろう、女将が「まあまあ、お料理が冷めますわ」と笑顔で割って入ってきた。

「遠い場所からのお客様がめずらしいんですのよ、私どもは。ともあれ、このおふたりがとびきりおいしそうな料理を作ってくださったから、皆で食べましょう。ね、村長」

「……そうだな。まずはいただこうか」

ひとのよさそうなステファンは笑みを取り戻し、テーブルに着いた住人たちをぐるりと見回す。

「皆、彼らと、食物をお恵みくださる世界に感謝して、ありがたくいただこう」

村長みずから肉を各自の皿に盛りつけていく。まだじゅうじゅうと音を立てる揚げたての肉に、皆の目が輝いている。

「うまそう……」

「おいしそう。いただきます」

「いただきまーす」

村人たちがいっせいに肉を頬張った。それを端に座るレイは固唾を呑んで見守っていた。自分なりの味つけが――この世界にはない味つけが気に入ってもらえるかどうか。

「……え」

「うそ……」

一同目を丸くし、肉を食べる手を止める。

「あ、あの、……まずい、ですか？　お口に合わな……」

「すごーい！　このおにく、……えっと、すごい……」

「ほっぺが落ちちゃうほどおいしい、ってこと？」

「そう！　すっごくおいしい！」

幼い男の子が弾んだ声を上げたことで、周囲もわっと沸いた。

「こんなにおいしいお肉を食べたのは生まれてはじめて」

「なんだなんだ、この表がさくさくして、なかはやわらかくて……それに、嚙み締めると表のさくさくにかかった汁が広がって……ヨウの実だな、口のなかがさっぱりして、あとを引くうまさだ。こんなの食べたことがないぞ」

「ほんと、ねえ、こんなにおいしいものがあるなんて……このお肉の味は塩辛い、と言うの？　それに、ヨウの実は酸っぱい、と言うのね。ああ、なんて素晴らしい組み合わせかしら」

「いままで食べてた生臭い肉が嘘みたいだ。揚げ肉なんてもんがあるんだな。勉強になる」

「やあだ、食べすぎて太っちゃいそう」

はしゃぐ村人たちを見て、安堵のため息がもれた。

「よかった……だめかと思った……」

「心配していたのか。おまえの揚げ焼き、大人気だぞ」

かたわらからユアンが顔をのぞき込んできて、胸がどきりとなる。どこかいたずらっぽい目つきは、彼を少年のように見せるのだ。

「ずっと心配だったんです。いつもあなたにしか食べてもらってないから」

「俺が味音痴《おんち》とでも？」

「逆です。ユアンは僕の料理を毎日食べてくれているじゃないですか。だから、感覚が麻痺《まひ》しちゃったんじゃないかなとも思って」

「毒じゃあるまいし」

おかしそうに笑うユアンも肉を切り分け、口に運ぶ。そして、ひとつ深く頷いた。

「やわらかくて、肉汁がたっぷりだ。普通はもっと筋があって嚙み切れない。それに、臭みもある。俺たちが摘んできた草花には肉の臭みを取る効果もあるのか⁉」

「そうです。ユアンの国はすごいな。おいしい木の実や草花がたくさんあって、なにをどう使えばいいか考えるだけで、楽しくて。おばあちゃんのノートと照らし合わせるとわくわくします」

「いや、俺の国……ではなくて……と言うのも違うか」

日頃堂々とした彼にしては、めずらしく慌てた様子で打ち消してくる。

「あなたの住んでる国っていいな、という意味ですよ」

「そうだな。すまない、……確かにそうだった」

もごもごと言葉を濁すユアンはしばし肉を食べることに専念し、ふっと顔を上げた。

「そういえばスープもあったんだったな」

「そうでした。なんか順番間違えちゃいましたね。普通、スープが先だった」

「皆、肉の匂いに我慢できなかったんだ」

「だったらいいな」

レイは微笑み、台所で女将と一緒にスープを温め直して、全員に配った。皿からふわりと立ち上る白い湯気に村人たちは感嘆のため息をつき、いそいそとスプーンを手にする。

早々にひとくち飲んだ女の子が、「わ」と笑顔をレイに向けてきた。

「おいしいね……！　これ、すっごくおいしい。たまごがとろっとしてる」

「ねー、おかあさん、ぼく、まいにちこれがいい」

「あらあら、お気に入りね。じゃ、お兄さんたちに作り方を教わらなくちゃ」

「揚げ焼き肉、それにたまごスープか。元気が出そうな組み合わせだ」

母親と父親らしき人物もにこにこし、村長のステファンにいたってはあっという間におかわりを求めてきた。

「これまでいろいろな料理を口にしてきたが、これはほんとうに格別だ。レイ、どこでこんな料理を教わったんだ？　これほどの腕前なら、ジュリアス王の調理係にもなれる」

「ジュリアス王……？」

「この国の王だ」

控えめな口調のユアンに、ステファンが苦笑する。

「我がエルハラード王国を率いる王は……悪いお方じゃないんだが、少々気が弱い。絵画や彫刻、詩の美しさに理解があるのは素晴らしい。おかげで、この国の芸術家たちは手厚い庇護《ひご》の元、遺憾なく才能を発揮している。あれで馬術や剣術もお強ければな……外からやってくる冒険者たちに魔獣狩りを依頼せずにすむのだが」

ユアンならこの国の者で、誰よりも強い。そう言おうかと思ったが、なんとなく自分だけの秘密にしておいたほうがいい気がした。ユアン自身、多くのことを語らないのだ。差し出がましいことをするのは気が引ける。

「確かに。美を愛するおこころは評価できる。ただ、もうすこし女遊びをお控えになられてもよいんだがな」

「こら」

軽口を叩く村人を叱《しか》るが、すぐにステファンも肩をすくめた。

「王は優美なお方だ。女性に囲まれるのも致し方ない。いまも多くの寵妃《ちょうき》を城に住まわせているんだ」

「へえ……」

国、そしてその王や寵妃なんてあまりにも遠い存在だから、惚《ほう》けたような顔でステファンの話を聞いた。

「だけど、第一王子のレニエ様のことはほんとうに大事に思ってらっしゃる。二十七歳になられるレニエ様は、いずれこころ強い右腕を得て王になる聡明なお方だ」

「毎年、新年のご挨拶《あいさつ》で王室がそろってバルコニーで挨拶され、レニエ様も参列されている。昨年の冬の祭りには城下町へ出ていらした。ここは王都から離れているが、新年の祝いには毎年私たちも観光がてら駆けつけるんだ」

ステファンの隣で、大柄の男性が腕組みをして頷く。

「だがあれ以降、レニエ王子が公務に出たという話を聞いていないが、まさか、お身体の調子を崩されたのか……」

「そういえば、第二王子はどうしたのかしら？　最近とんとお姿を見かけないけど。まさか第二王子もご病気なんてことはないわよね」

「いや、あの方は幼い頃から丈夫なお身体だよ。闊達でほがらかな笑顔が印象的な方だ。……だからこそ、マデリーナ王妃はさらにこころを閉ざして、王室に興味を失ったんだろうな……」

「王だけじゃなくて、王妃まで？」

ステファンの低い声に、思わずレイが問いかけると、「あ、いや、その」と慌てた顔を向けられた。ほかの村人も女将も皆、はっとした顔で背筋を伸ばす。

「私の勘違いだ。王妃はふたりの王子を大切にしておられるはずだ」

「そうそう、第二王子だってなにかのご事情でお姿を見せていないだけのことよ。もしかしたら、将来のために異国へ留学されてるのかもしれないわ」

女将も慌てて言い添える。

いけないことを聞いたかもしれない。余計な口を挟んですみません、と謝るよりも先に、「きっと――」とユアンの声が響く。

「きっと、……旅に出ているんだろう。人生は長い。なんの危険もない城で一生を終えるより、冒険できる外へ飛び出すことを選んだんじゃないのか。その王子は」

「ユアンは第二王子をよくご存知なんですか？」

「知らん。想像で言ってみただけだ」

ぶっきらぼうな返事だ。

「第二王子のお名前って？」

女将に訊《たず》ねると、「ギルフォード様よ」と笑顔を向けられた。

そこでふつりと会話が途切れ、食堂にはなんとなく気まずい空気が流れた。

ユアンが深く息を吐く。

「ギルフォードというのは、かつて寵妃のひとりのコリアンヌ様が生んだ子どもだ。一応、第二王子ということになっている」

「複雑なご事情がおありなんですね……ギルフォード様ってどんな方ですか？」

つい好奇心に駆られたけれど、今度こそ、皆の表情が固まった。

地雷どころではない。禁忌に触れたのだと感じて取りなそうとしたが、ステファンが仕方なさそうにゆるゆると笑う。

「コリアンヌ様は、遊び好きなジュリアス王がこころから愛したといわれる寵妃だがお身体が弱くて、ギルフォードと名付けられた御子を産み落としたのと同時に、お亡くなりになった。ひとり残されたギルフォード様は城のなかで大切に育てられてきたが、愛妾《あいしょう》の子というのはどうしたって白い目で見られる。王室ならとくに。私たちは敬愛しているが、陰口を叩く者もいる」

「……そうだったんですね……」

うかつに訊いてしまったことを恥じたが、この国のことをすこし理解できた気がする。

一国を統率する王ならば愛妾を抱えるのもよくある話だろう。昔、歴史の授業でも学んだ。気が弱く、外交に及び腰のジュリアス王とマデリーナ妃《ひ》は冷えきった関係なのかもしれない。

旅を続けるどこかで、レニエ王子やギルフォード王子の情報をもっと得られるだろうか。余計な詮索かもしれないが、この国で暮らしていくなら、王室の事情も知っておいたほうがいいような気もする。

皆は世間話に興じながら料理を平らげていく。ユアンはひとり、口を閉ざしている。

「ユアン、具合が悪い？　食欲がないなら、ほかになにか作りましょうか」

周囲を気遣いながらそっと囁《ささや》くと、ユアンは目をしばたたかせ、「いや」と首を横に振った。

「食べる」

「無理しないでくださいね。食べられるだけ食べればいいから」

「――レイは」

「はい？」

声を落とすユアンに顔を近づける。

「おまえはやさしいな。いつも他人のことを気にかける。それでいて、こころに深く踏み込んでくるわけじゃない。それが助かる」

ユアンが静かに視線を絡めてきた。マスクの向こうの男らしい強さを滲ませた瞳に胸が高鳴り、頬が熱くなる。

出会ってからずっと一緒に過ごしてきて、彼のことを頼れる存在だと全幅の信頼を寄せてきたが、いまはすこし違う。

――こんな目をするひとにははじめて会った。なにかを秘めている目だ。違う世界に突然来た僕だけが大変な目に遭っていると気がしていたけど、ユアンのほうがもっと重い物を背負っているのかもしれない。

それがなんなのか、いまはまだあやふやで、どんなものか明確に言い表せない。無神経に言葉を重ねて、ユアンのこころをいたずらに傷つけるまねはしたくなかった。

「僕はべつに誰にでもやさしいわけじゃなくて……僕を助けてくれたあなただから、なんとか役に立ちたいと思ってます。剣も魔法も使えないけど、あのノートがある。ユアンがまだ知らないおいしい味をたくさん生み出したい。食べるのって、生きることに繋《つな》がるでしょう？」

自分でも必死だなと恥ずかしくなるが、黙っていることもできなかった。

食べることは、生きること。

あながち間違いでもない。しかし、無味な食べ物で逞しく生きてきたユアンには響かないかもしれない。そう考えると、自分の言葉を取り消したくなってしまう。

ある日突然、彼がいなくなったら。

考えるだけで怖い。

「すみません。出すぎた発言でした。気を悪くしたらごめんなさい」

「どうして謝るんだ。俺はおまえの声を聞いていたい」

率直な物言いに、スプーンを摑む手にぎゅっと力がこもった。

勘違いしてしまいそうだ。

――身体つきも性格も、腕力もなにもかも違う彼になにかしらの想いを抱いても、どうにもならないのに。

だけど、一度意識すると、こころの深いところにふわりと熱が宿る。

穴が空くほどにじっと見つめられていることが気にかかり、うつむいた。髪は乱れていないだろうか。料理し終えたばかりだから服が汚れていたりしないだろうか。そもそも、ユアンの視線を独り占めできるほどの顔じゃないことは自分がいちばんよく知っている。

「そんなに見ないでください」

「どうして。俺はおまえの顔が」

「顔が？　なに？」

訊ねると、ユアンはふいっと横を向く。

「なんでもない」

「気になる。気になります。おかしいところあります？」

「ない」

「もう、……絶対なんか言いたいくせに」

自分の声にわずかな甘さが滲んでいることに気づいて頬が熱くなるが、小声でのやり取りはふたりの距離を縮めてくれたような気がする。その証拠に、ユアンの横顔も和らいでいた。

「いやあ、ほんとにうまかった。お世辞じゃない。レイの料理はいままでに味わったことがない美味だ。町で店を構えられるぞ」

「ただの食堂じゃもったいないわ。どうにかして、ジュリアス王やマデリーナ妃にも食べていただけないかしら。この味なら、絶対に王家お抱えの料理人になれるもの」

ステファンの言葉に女将も乗じて、皆が「そうだそうだ」とはしゃぎだした。

「王様たちだっておいしい料理に飢えてるはずよ。女性遊びがお上手なんだから、外交もお得意そうに見えるんだけど、なかなかそううまくいかないものね」

「ジュリアス王は女性はともかく、外つ国との駆け引きが苦手らしいともっぱらの噂だからなぁ……」

「レニエ様が王座に就《つ》いたら、もっと外交が盛んになりそうなものだが」

「確かに。あの方は幼い頃から明るくて、私たち民のこともよくお考えくださっている」

「あたしはギルフォード様がレニエ様をお支えになるといいなって思う。半分しか血は繋がっていなくても兄弟でしょう。昔、王城のバルコニーに立ったおふたりは仲睦《なかむつ》まじそうなご様子だったわ。親がどんな関係でも、子どもに罪はないのよ」

好き好きに言う村人たちに、ステファンが苦笑いしている。自分が口火を切ったとはいえ、ここまで話が盛り上がるとは思わなかったのだろう。

「あの、皆さん、お食事が終わったならお皿を洗っちゃいますね」

レイが立ち上がると、女将たちが「いいのよ、大丈夫」と慌てて口添えしてきた。

「噂話ばかりしてごめんなさいね。お皿は私が片付けるから、あなたたちは庭でも散歩してきたら？ちょうどいちばん星が出る頃よ。この宿から西にある森を抜けたところに、見晴らしのいい丘があるの。そこから見る星けとても綺麗なんだから」

「腹ごなしに行ってみるか、レイ」

ユアンが誘ってきたことで、レイも頷いた。

「じゃあ、お言葉に甘えて」

「ベッドの支度をしておきますね。ごゆっくりどうぞ。熱いお茶も用意しておくわね」

「行っておいで」

女将やステファンに見送られ、宿を出た。

外はすでに薄闇が広がっており、足元が暗い。

「なにか灯りをもらってくればよかったかな。僕、女将さんに頼んできましょうか」

「このくらいなら夜目が利く。ついてこい」

「あ……はい」

大股気味に歩くユアンについていくのは結構大変だ。数歩歩いただけでうっかりつまずき、派手に転びそうになった。思わず声を上げると、ひょいっと二の腕を掴まれる。

「ユアン」

見上げれば、ユアンがため息をついて支えてくれていた。

「危なっかしいな、おまえは。俺の腕に掴まれ」

「でも、あの」

男同士で腕を組んで歩くのはどうなのだろう。いくらあたりが暗いからと言っても、誰かに見られたらと思うと羞恥心がこみ上げてくる。

――それに、さっきユアンを意識したばかりだ。いまより近くに彼を感じたら、余計に変なことを考えてしまう。

それとなく様子を窺うと、ユアンは不思議そうな顔でこちらを見ている。ただ、親切心から申し出てくれているのだろう。自分だけそわそわしているのもどうかという気がして、思いきって彼の腕に手を絡めた。なんでもない感じを装って。

森に入り、身を寄せて歩く。そう深くはないようだから簡単に抜けられそうだと、ふっと気をゆるめた瞬間、突然大きな葉擦れがすぐそばから聞こえ、闇のなかに黒い影が踊り出してきた。

ひと筋射し込む鋭い月光に浮かび上がるのは四つ足の獣だ。背を大きく盛り上がらせて、なんの前触れもなく飛びかかってきた。

「――ッ！」

「レイ、うしろに！」

ぱっと飛びのくと、ユアンが腰に差していた剣を両手で構え、大きく振りかぶる。

ずく、と刃が生々しく肉を断ち切った。重い音を響かせて獣は倒れ、しばし脚をひくつかせてから動かなくなった。

「は……」

まさか獣が出てくるとは思わず、うっかり気を抜いてしまった。心臓がうるさいほどにどくどくと鳴り、全身の血が逆流しそうだ。

「レイ、もう大丈夫だ。安心しろ」

ぶん、と剣を振って鞘《さや》に収めるユアンが振り向く。

「すみ、ません。油断した……」

「気にするな。森にはどこも獣がひそんでいるものだ。さほど大きくないから、肉は取れなさそうだな」

たった一撃で獣を倒すなんて、やはり凄腕の剣豪だ。

感服するとともに、いまさらながら恐怖がこみ上げてくる。

口元をわななかせるレイの手を、ユアンがもう一度摑んできた。今度は離れないように、しっかりと。

温かく、逞しい指先からじわりと熱が伝わってくることに身体が火照《ほて》りだす。

まだ息が整わないけれど、ユアンに寄り添っているとどうしても身体が彼のほうに傾いてしまう。

なにもできなかったことが恥ずかしい。いつまで経ってもユアンの背中に隠れている自分が情けない。

「ほんとにすみません……」

「謝らなくていい。こういうのは俺に任せておけ」

「今度、剣の稽古《けいこ》をお願いします。ユアンばかり危ない目に遭わせるわけにはいきません」

「それぞれに役目があると思うほうがいいぞ。皆が皆、俺のように剣が振るえるわけじゃない。料理だってそうだ。宿にいる住人たちも感激してただろう？　レイが得意なことをすればいいと思うが」

言い含めるようなその言葉を何度も反芻《はんすう》した。

おいしい料理を作るのは、たぶん得意だ。この世界の食材を知り尽くしているわけではないし、祖母のノートに頼っているところも大きいから完璧とは言いがたいが、それでも、きっと、もっとうまくなれる。自分でも好きなことだから、多少面倒な下ごしらえも苦ではない。祖母が生きていたら大喜びしていただろうというひと皿を、いまこの世界で、ユアンに振る舞っているのだ。そう思うと、勇気が湧いてくる。

ぴたりと身体を寄せれば、身体の震えも治まってきた。

暗がりのなかを慎重に歩んでいくと、一気に視界が開けて小高い丘に出た。

「うわ……」

頭上いっぱいに広がる星空につい声が出る。降ってくるような星の煌《きら》めきに、かたわらのユアンも見蕩れているらしい。しばし無言で夜空を見上げていた。

「ここに座ろう」

うながされて、綺麗な草むらに腰を下ろした。ついっと腕を引っ張られて振り向くと、腰の剣を草むらに置いたユアンが地面に寝転がっている。

「ずっと見上げていると首が疲れるぞ。こうすると楽だ」

わずかな距離を空け、頭のうしろに両手を組んで寝そべった。

まるで、かぞえきれない宝石を縫い留めた黒い布に包まれているみたいだ。強く大きく輝く星、その狭間でちいさくまたたく星。夜空を隙間なく埋め尽くす星たちはいまにもこぼれ落ちてきそうで、無意識に両手を伸ばしていた。

「星を摑みたいか」

穏やかに訊いてきたユアンに、「……うん」と微笑む。

ついさっき獣に襲われた恐怖がすべて消えたわけではないが、すぐそばにユアンがいるという安心感にこころがほぐれていく。

「星のどれかにいますぐ触れそうですね。……星って冷たいかな。銀色だし、ひんやりしてそうですよね」

身体をくっつけたまま笑い混じりに言ったのだが、ユアンは黙っている。

いまのはさすがに子どもっぽかったかもしれない。幼稚だな、と笑われるだろうかと身構えていると、ユアンがのそりと身体を起こす。その横顔はどことなく硬く、なにかを決心したかのように見えて身体がこわばった。

「あ、あの、ユアン、さっきはほんとうに……」

やっぱり、こんな自分は重荷だろうか。

一方的に頼られることに疲れたのかと案じて声を絞り出した。

「違う」

ぼそりと呟くユアンがふわりとおおいかぶさってくる。

ひんやりとしたマスクがいまにも鼻先に触れそうで、目を瞠った。

「ユアン……あの……」

言いかけると、ユアンが人差し指でくちびるをふさいできた。

つい、彼の邪魔をしてしまいそうなおのれを諌めるレイに気づいたのだろう。「違う」ともう一度呟き、ユアンがちいさく笑いかけてくる。

「おまえに怒ってるんじゃない。違うんだ。さっき獣が出たときのことも怒ってない。俺の役目を果たしただけだ。レイを守ることができたんなら、それでいい。俺が望んでやっていることだ」

マスクの奥の目元がやさしくほどけていく。温かく、こころのやわらかな襞《ひだ》を撫でるような視線に見入っていると、くちびるが静かに重なってきた。

なにも言えず、まぶたを閉じることもできずに、ただユアンを見つめていた。彼のほうも視線を絡めてきたが、指でレイのまぶたを押さえる。

「俺は気が利かないから、おまえを混乱させているならすまない」

それでやっとレイは目を閉じ、温かいくちづけを全身で味わった。

生まれてはじめてのキスはとろけるほどに甘く、やさしい。

——ユアンは僕を守ってくれる。ユアンにならなにもかもゆだねられる。

元いた世界でもぼんやり道路を歩いていたから事故に遭ったというのに、どこにいても気が抜けないこの世界では、どうやって生きていけばいいのかすらわからない。

だからこそ、いま、自分を抱き留めてくれる温もりにはひどく安心してしまう。ユアンに傾いていくこころが止められない。

髪をまさぐる指も心地好くて、うっとりしてしまう。祖母とはまったく違う逞しい抱擁にかすかに息をもらし、自分からもおずおずとその背中に両手を回した。

夢のなかで感じた指先と同じやさしさだ。

指先に当たる広い背中はしなやかな筋肉が張りめぐらされていて、真ん中には深い溝が刻まれている。

うなじから順に背骨をたどり、引き締まった腰のあたりで止めた。それ以上触れるのはなんとなくやましい。

角度を変えてくちびるを押しつけられる。ときどきそっと、ときどき強く。強弱がついたキスにいつしか振り回されて、ちいさく喘《あえ》いでいた。

「……っ……ユア……ン……」

くちづけの合間に呟けば、髪に指が絡まり、引っ張られた。

「――違う。俺は……そうじゃないんだ」

「……え」

なにが、そうじゃないのだろう。

ユアンという名が違うのか。それともべつのことを伝えたいのか。

どちらなのか区別がつかなくて訊ねようとしたが、戸惑いを感じ取ったらしいユアンがますますくちびるを深く重ねてきて、レイの顎に指をかけて押し下げる。

自然とくちびるが開いてしまうのがなんだか恥ずかしい。息を吸い込むのと同時にユアンの舌がするっとすべり込んできて、身体が大きく跳ねた。

いままでのキスは挨拶がわりだと思えなくもなかった。ただ、くちびるがぶつかるだけだったから。だけど、挿《は》り込んでくる舌でゆっくりと口内をかき回されてしまえば、親愛の情を示すキスかもしれないという建前は通用しなくなる。

これは、情熱を伝え合うキスだ。

もっと抱きつきたくて、抱き締めたくて、頭がのぼせてしまう。

舌をうずうずと擦り合わされて落ち着かない。自分でも意識していなかった身体の奥に熱がともり、慌ててしまう。

「ん……っぅ……」

――気持ちいいなんて思っちゃいけない。はじめてのキスなんだから、浅ましく感じちゃいけない。ユアンをがっかりさせてしまう。

ユアンがなにを思っているのかわからない。しかし、どうやら彼のほうも熱を求めているらしく、だんだんと強く舌を絡めて、吸い上げてきた。

じゅるっと音を立てて舌先を吸われると、怖いくらいに身体の芯が疼《うず》く。

「っぁ……っユアン……」

「キスははじめてか？」

「……は、い」

鼻先に硬いマスクが触れる。体温を移した仮面の縁を、レイは指でなぞった。

顔が見たい。顔の上半分をおおうマスクを外したい。何度も助けてくれたひとがどんな顔をしているのか、ちゃんと知りたい。

レイのつたない仕草にユアンが喉奥で笑い、きつく舌を吸ってきて歯列をなぞり出す。

誰にも暴《あば》かれたことのない口のなかはやけに敏感で、どこもかしこも感じてしまう。

自分がこんなに淫らだったとは。いくども吐息を堪《こら》えたが、隠すことも難しくなって、それでもユアンの背中に爪を立てながら必死に声を殺す。

「……これ以上……」

「だめか？」

「……みっともない声、出る……」

「気にするな。俺しかいない」

だから恥ずかしいのだ。頤《おとがい》をつまんでいるユアンの指を振り払おうとしたが、したくない。そんな自分のこころに振り回されてどうにかなりそうだ。

レイの本音を引き出すかのように、ユアンの舌遣いは濃密になっていく。

一方的に乱れていく自分が怖くて、自然とユアンの胸を押し返していた。それでやっと彼も落ち着いたようだ。ふっと身体を離し、「すまない」と呟く。

「悪かった。いやだったか？」

「いやじゃない……でも」

「でも？」

「……続けてたら、おかしくなりそう……だから」

胸の奥に溜まった熱い息を吐き出すと、ユアンはおかしそうに口の端を引き上げる。

そのことにすこし気がまぎれ、「このマスク」と彼の顔の半分を隠す仮面に触れた。

「いつ……外してるんですか？　僕が寝ているあいだもずっとつけたまま？」

「いや、レイが寝つくのを確認してから外している。おまえが目を覚ますよりも早く起きて、またつける」

「どうして顔を隠すんですか」

「どうしてだと思う？」

質問に質問で返されても困るが、眉根を寄せながら答えた。

「身を隠したいとか。……誰かから逃げているとか……」

「重い罪を犯して逃亡しているのかもな」

「ほんとうに？」

自分が言い出したことなのに、なかば認められるようなことを言われると焦りが生じる。

「違う、あなたはそんなひとじゃない。僕にはわかります。ユアンは罪を犯すようなひとじゃない」

必死に言ったが、身体を起こしたユアンは立てた片膝に顎を乗せ、遠くを見やる。

「レイの目に、俺はどう映るんだ」

「あなたはいいひとです」

間髪《かんはつ》容《い》れずに返すと、ユアンは驚いたようにこちらに顔を向けた。

「僕を最初に助けてくれたときも、さっきも。あなたは僕にかかわらず逃げてしまってもおかしくないのに、危険を承知で助けてくれましたよね。そんなのができるひとって、そうそういません。ユアンはいいひとです。罪を犯して逃げたりなんかしない」

「そうか。……だが、俺は逃げている」

「なにから？　どんなことから？」

「もう一度訊く。どうして俺がマスクを外さないか、わかるか」

静かに問う声にうつむいて考えをめぐらせた。

正体を明かしたくないから仮面をつけているのだとは思うが、いったい、それがなんなのか。考えれば考えるほどわからなくなる。

この世界にはまだ多くの謎《なぞ》がある。国を率いる王についても、さっき知ったばかりだ。

「いつか、時間がかかってもいいから――ユアンのことが知りたい。あなたがいやじゃなければ、だけど……僕を信じられるようになってからでいい。すこしでもいい。あなたのこと、教えてください」

「レイ……」

慕る想いを伝えたくて、彼の袖をぎゅっと摑んだ。

もう一度ユアンのくちびるが重なるとき、今度はレイもみずから顔を上向けて、彼の熱に応えた。


照れくさい想いを抱えながら宿に戻り、ユアンも寝るだろうと思っていたが、「すこし歩いてくる」と言い置いて彼は出ていった。

強く引き留めなかったのは、まだ耳たぶが熱かったからだ。それに、荷物もマントも置いて、ユアンが遠くに行くとは考えにくい。キスをしたばかりで、いきなり姿を消すことはないはずだ。

深く息を吐き、先にベッドに入ろうとしたところで、窓のほうから聞こえてくる妙な音に気づいた。

視線を向けてみると、窓際に置いたドラゴンのたまごがちいさく揺れている。

固唾を呑むレイの目の前で、硬い殻のてっぺんにぴしりと亀裂が入った。

慌てて駆け寄り、じっとたまごを見つめているうちに、ぴしぴしと音を響かせ、どんどん裂け目が大きくなっていく。

ぱりっと軽快な音を立てて殻の破片が落ちるなり、ちいさなトカゲのような生き物が「ぴゃ！」と鳴きながら頭を突き出したので、思わずのけぞった。

「うそ……、生まれた」

まさかほんとうに孵化するとは思っていなかったから、ただただ呆然《ぼうぜん》としてしまう。そのあいだもぴいぴいとかわいく鳴き続ける生き物は緑色のすべすべした皮膚が特徴的だ。きらきら輝く赤い目は宝石みたいだ。ちんまりとした両手両脚には意外に鋭い鉤爪《かぎづめ》が生えている。

なかでも目を引いたのは立派な両翼だ。生まれたばかりの雛《ひな》——とは言わないのだろう。トカゲだったら翼は生えていない。こんなに爪も鋭くない。

「ほんとに……ドラゴン？」

子どもは、額に殻の欠片《かけら》を乗せながら元気に鳴いている。

くすりと笑って欠片を取りのぞき、そっと両手で子どもをくるんで目の高さに掲げた。

「ほんとうにドラゴンだよね……こんな翼、見たことない」

「ぴー」

「ふふ、なにが食べられるのかな。お腹空いてるよね。ドラゴンっていったらやっぱり肉を食べるのかな。意外と草食かな」

「ぴ……」

首を傾げるドラゴンの子どもはぱくぱくと口を開いたり閉じたりして、ふうと息を吐き出してから、

「……うまれた！」とにこっと笑った。

ドラゴンが笑うなんて見間違いかと何度も目を擦った。言葉が話せるという事態にもひっくり返りそうだ。

「なんか言った？　……え？　僕の聞き違い？」

「やっとうまれたんだ！　おまえ、まっててくれたか？　まっててくれたよな？」

「え、え、あの」

親しげな目をするドラゴンは、「まってたよなー」と首を傾げる。その屈託のなさについ微笑み、「うん」と頷く。

待っていたのはほんとうだ。ここに来るまでずっと大事に守ってきたのだし。しかし、まさか笑うとは思わなかったし、生まれて間もないのに流暢《りゅうちょう》に喋《しゃべ》ることも想像していなかった。人間の赤ん坊とはまるで違う。

物語で見たドラゴンは凶暴なものが多かったし、千年、二千年と長生きするとなにかで読んだことがある。もちろん、空想上の生き物だと思っていたから、事実かどうかは定かではないが、こっちに来て驚くような出来事ばかり続いている。ユアンもドラゴンは伝説の存在だと言っていたけれど、見上げるほどの大型獣が次々に現れる世界なら、炎を吐く緑色の生き物が実在していてもちっともおかしくない。

レイの手のひらで両翼を忙《せわ》しなく動かす子どもがほんとうにドラゴンなら、もしかすると人間より

ずっと賢いのかもしれない。

——ゲームや小説のなかではそういう存在だった。

こうして眺めているあいだにもころころと表情を変えるドラゴンはレイの手のなかから部屋じゅうを見回し、ふと振り向く。

「おまえ、なまえは？」

「僕は——レイ」

「レイ……わかった」

こくりと頷き、ドラゴンは期待に満ちた目をする。

「オレの、なまえは？」

「なまえ？」

「そう。オレのなまえ、なに？」

「……そっか」

この世に生まれついたばかりで、名前はまだない。そもそも、親もいないのだ。

「オレ、なまえ、ほしい」

「そうだよね。名前があったほうがいい」

どんな名前がいいか。この子は女の子か、男の子か。それはともかく、ユアンに相談したほうがいいと慌てふためいているところへ部屋の扉が開いて、当の本人が戻ってきた。

「あ、ユアン」

顔を見た瞬間、先ほどのキスを思い出して顔が熱くなるが、ドラゴンがじたばたと翼を動かしていることに我に返り、「じつはあの」と手のなかの生き物を差し出した。

「たったいま、たまごからドラゴンが生まれたんです」

「ほんとうか？」

めったに表情をあらわにしないユアンが一瞬驚き、足早に近づいてくる。

「……ほんとうに鉤爪がある。翼も尻尾も、昔読んだ本の挿絵と同じだ。最強の聖獣として描かれているくらいだから、実在するとは思っていなかったが……」

「そんなに強いんですか？」

「人間はまず太刀打ちできないと言われている。ドラゴンはたった一週間で世界を焼き尽くす炎を吐くことができるんだ」

「オレ、わるいこと、しないもん」

思いきりむくれたドラゴンにユアンは目を丸くし、ふっと笑った。

「レイが大切に守ってきただけあって勇ましい。それにしてもちいさいな。これが世界の覇者だとは……」

「ちいさく、ない！」

肩を怒らせるドラゴンに噴き出してしまいそうだが、機嫌を損ねたくない。

「ユアンはそんなつもりで言ったんじゃないよ。きみは大きくなる。いまはまだ生まれたばかりだから、ちいさいのは当然だよ。それはそうと名前を決めなきゃ」

「そうだった。かっこいいなまえ、ちょうだい」

「どうしましょうか。性別によって名前のつけ方も違うけど。きみは男の子かな、女の子かな？　いや、ドラゴンに性別ってあるのかな……」

伝説の生き物なら無性でもおかしくない。両性具有の可能性もある。

「……んー、どっち？　……じゃあ、とりあえずおとこのこ！」

曖昧な自己申告ではあるが、なるほどそうかというわけでユアンと一緒に考え込み、ああだこうだと言い合った。

「ドラゴンというわりにはかわいい。目も大きいし、口元の印象もやわらかい」

「おこると、こわいぞ」

軽く反発するドラゴンにユアンは肩をすくめて苦笑する。

「生まれたばかりの赤ん坊は、最初に目に映ったものを親だと思い込む。このドラゴンにとってはレイが親なんだろうな。レイはどんな名前がいいと思う？」

「僕がドラゴンの親ですか。光栄です。名前、名前……」

名付け親になるなんてはじめてだ。かつて観た、映画のアクション俳優たちの名を思い出してみた。

こっちの世界での暮らしに不満はさほどなく、不自由さも楽しさのうちと捉えるようになった。しかし、映画やゲームといったものが存在しないのは結構寂しいものだ。

スマートフォンの存在もあまり思い出さなくなったが、見たことがない植物や生き物に出合ったとき、手のなかにタブレットがあればすぐに調べることができたよなと思う。こうした思いも、いつか懐かしくなっていくだろうが。

「エラン、とか……カイとか……ジョエルとか？」

あれこれ思い浮かべて呟いてみるが、ドラゴンは頷かない。

「クリスとか……アリシュアとか」

まだピンとこないようだ。

「……ジル、とか」

記憶をひっくり返し、ふっと浮かんだのは幼い頃大好きだった、外国の絵本の主人公だ。祖母にねだって毎晩読んでもらったのは、お使いに出て迷子になってしまう男の子の話だ。

母親に頼まれてお使いに出かける男の子が道に迷い、泣きたいのを必死に我慢してなんとか正しい道を見つけ出し、堂々と家に帰る、その物語が大好きだった。

男の子の勇気が頼もしくて、自分もこうなりたいと夜ごと願ったものだ。知っているようで知らない道に迷い込み、こころ細さに足がすくむ男の子が通りすぎる大人たちに勇気を出して話しかけるのだが、冷たくあしらわれる場面ではいつも心臓がきゅっと痛くなった。

だけど、親切なひとびともきちんといる。丁寧に道を教えてくれたうえに、家まで送ろうと申し出てくれる大人に、しかし男の子は首を横に振り、ひとりでお使いを終えて元気に帰っていく。男の子の帰りを案じて、外で待っている母親がいる家に向かって。

その男の子の名前が、ジルだ。

「それ！　オレ、ジル！」

ぱたぱたっと翼を上下させるドラゴンの子どもは、ジルという名がおおいに気に入ったらしい。

「ジルと呼べばいいのか？」

ユアンが訊ねると、ドラゴン、もといジルはこくこくと頷く。

「ジル、いい。オレのこと、ジルってよんで」

「わかった。ジル、こんにちは、あらためてはじめまして」

「はじめまして！」

「ドラゴンは知能が高いと本に書かれていたが……真実だな。生まれたてでこんなに喋るとは思わなかった」

「ね」

ユアンと目を合わせて微笑む。

「ジル、おまえも俺たちと旅をするか？」

「する！」

どんな旅なのかろくに聞いていないのに、即座に承諾するジルに笑ってしまった。

「そんなに簡単に返事していいのか。確かにドラゴンは世界を掌握する最強の生き物らしいが……おまえはまだちいさい。途中で出くわす獣がおまえを食おうとするかもしれないぞ。この翼は硬そうだが、身体はまるまるとしてうまそうだ」

ユアンにしてはめずらしく、冗談めいた口調だ。人差し指でツンツンと腹をつつかれたジルは、精一杯胸をふくらませている。

「すぐ、おおきくなる。おまえたちについてく」

「心配だな。一緒に旅するならレイも俺もおまえをガードするが、もしはぐれたらどうする？　ひとり森をさまようこともあるかもしれない」

その言葉に、知らずと頬が熱くなる。

自分こそ、森のなかでさまよい、あわや獣に食い殺されそうになったところをユアンに救ってもらったのだ。

「だいじょぶ！　オレ、ほのお、はく」

「ろうそくに火をつけられるか？」

「そんなのかんたん！」

ユアンが窓際の小台に置かれたろうそくを差し向けると、ジルは大きく口を開け、ゴオッと炎を吐き出した。その勢いは、ユアンもレイも慌ててのけぞるほどだ。

手のひらに収まる身体でも、炎の威力は想像以上だ。先端に火がともるどころか、ろうそくが一瞬で半分ほど溶けた。

頬が引きつったものの、得意そうな顔をしているジルを見ているとなんだか力が抜ける。

「……これは頼もしい。旅の仲間としては最適だな」

深く息を吐いたユアンに、「ですね」と言って、ジルをぎゅっと両手で包み込んだ。意外とふわっとしていて、庇護欲をかき立てられる。

「よろしく、ジル。僕たちと一緒に行こう」

「うん！」

胸にすりすりと顔を押しつけてくるジルに、ユアンと一緒に笑いかけた。

第四章

ステファンと女将に見送られて村を発《た》ち、数日かけて森を抜けた。

女将が食料と水、ステファンがレイのためによく手入れされた小型の剣を持たせてくれたおかげでふたりと一匹は飢えることもなく、周囲に気を配りながら歩を進めていった。

大型の獣に襲われなかったのはありがたい。とはいえ、くねる蛇《へび》のような面倒な魔獣には手を焼いた。木の上からぶら下がってくるたびジルが炎を吐きそうになったが、森が燃えたら一大事だと口元を懸命に押さえたものだ。

そんなときにいちいち悲鳴を上げて逃げるわけにもいかないので、レイも勇気を出して討伐に当たった。

小型の獣は群れをなしていることが多く、意外にてこずった。それでも、闘いの経験を積んだほうがいいとおのれを鼓舞し、ステファンから譲り受けた剣を構えた。

やっと深い森を抜け、ユアンが指さすほうに、豊かな町並みが見えてきた。

「あそこがアリアラの町だ。エルハラード王国では二番目に大きな町だから、さまざまな施設がそろっている。武器屋も道具屋も、魔法を売る店もある。酒場も食堂も宿屋もあるぞ」

「魔法って売ってるものなんですね。自然と身についてるものかと思ってた」

「そういう者もいるが数はすくない。生まれつきの魔道士も修行を重ねないと魔法をコントロールできない。たとえば、大きな火の玉を放ちたくても、修行不足だと小指ほどの火しか出ないとか。そういった者や旅を続けたい者のために魔法屋がある。最大レベルの魔法はさすがにないが、このあたりを旅するなら困らない程度のものはあると思う」

「僕も魔法を買ったほうがいいのかな……剣技もがんばります、ユアンの役に立ちたいし」

「——役に立つとか立たないとか、そんなことは考えなくていい。レイがいてくれることで、俺は十分救われている」

　ぼそりと呟くユアンがマスク越しに目元を和らげる。そうした目遣いを最近ちょくちょく見かけるから、照れてしまう。

「……ユアンって女性に囲まれるタイプでしょう」

「どういうことだ」

「べつになんでもないです、もう」

「こら、ふたりでもりあがるな！」

　割って入ってくるジルに笑ってしまった。ここに来るまでにジルはめざましい成長を遂げていた。生まれてから数日はレイの腕に抱かれていたが、ある朝ふと気づくと自力でよちよちと歩き、翼を動かして低空をふらふらと飛ぶこともしていた。

いまはまだレイたちの頭のすこし上をよろよろと飛んでいるが、明日にはもっと高いところを悠々と羽ばたいている気がする。

「町に着いたら、まず宿屋を探しましょうか。あ、そういえば宿代……」

「大丈夫。いままで倒してきた獣の皮と爪を売れば、たいていのものはまかなえる」

「ああ、だから仕留めたあとに皮を剝いでいたんですね」

陽が中空に昇る頃、ようやく町に着いた。

門番にユアンが懐から取り出した紙切れを見せる。いかつい門番はゆっくり頷くと、頑丈でぶ厚い門を開いた。

「さっきのは？」

「身分証だ。旅人には必要なものだ」

「僕のぶんっていらないんでしょうか」

「問題ない。剣士の俺は同行者を一名連れていいということになっている。普通はギルドで仲間を集めて複数で動くが、たまに旅の途中で出会った者を仲間にすることもある」

「さっきの門番、僕にはなにも触れませんでした。剣士としてのあなたの腕がそれだけ確かなものだって証拠ですよね」

すごい、と感嘆のため息をつくと、ユアンはふいっと前を向いて早足になる。

「宿屋を探す前に、道具屋で獣の皮と爪を売って金を作ろう」

照れくさいんだろうかと考えたら、なんだか胸が弾んだ。

歩き出すユアンの足取りには迷いがなかった。以前もここに来たことがあるのかと訊きたいが、まずはユアンの言うとおりにして、話は夜にでもすればいい。

道具屋の主人はでっぷりとした腹とにこやかな笑顔を持つ大柄な男だ。レイの隣に立つユアンに目を留めるなり、「あんた」と声を上げげた。

「剣士のユアンじゃないか？　大物の魔獣を倒した者として、あちこちで噂だぞ」

「口の端《は》に上るようなものではない」

謙遜だろうか。ユアンは素知らぬ顔で、背負っていた革袋から獣の皮を取り出してカウンターに置き、その上に爪も載せる。黒々と輝く毛皮と鋭い爪を見た途端、主人の顔が輝いた。

「こいつはすごい……！　こんな上物、しばらく見たことがないぞ。あんた、これをどこで捕ってきたんだ。うちの町にも腕が立つ者がいるが、こいつを倒せた奴はいない。やっぱりあんた、剣士だな？　もっと巨大な魔獣も倒したって評判を耳にしたが。いやその前に、一緒にいる魔獣の子どもはなんなんだ……いままでにこんな子を連れて歩く旅人は見たことがない」

「ドラゴンです」

ぱたぱたとのんきに飛ぶジルに、主人はますます驚愕《きょうがく》している。質問を浴びせたそうだったが、ユアンがすかさず口を挟んだ。

「これをいくらで買ってくれるんだ」

「お、そうだなそうだな」

感情の見えない平板な声に主人は一瞬ひるんだものの、すぐさま紙に走り書きした金額を見せてきた。ふたりで狩りもせず、二、三か月は遊んで暮らせるほどの額だということはレイにもわかった。

太っ腹な主人がいくつもの袋に分けて入れてくれた重たい金貨を持って、今度は宿屋へと向かう。

「金貨はあとで俺がギルドに預けておく。そうすれば、どの町にあるギルドでも金を引き出すことができるんだ」

ギルドは銀行の役目も果たしているようだ。

目抜き通りに面した大きな宿屋は三階建てで、一階は隣り合わせに建つ食堂や酒場とも繋がっていて賑やかだ。

前の村も居心地はよかったが、ここはもっと大きな町だ。

「ドラゴンに会えるとは……」

「長生きするもんだな」

宿の主人と帳簿係はジルにたいそう驚いていたが、「僕たちにとても懐いているので、危ないことはしません」と説明すると、こころよく部屋に通してくれた。

ゆっくり身体を休めるために一週間とどまろうということになり、レイはほっと息をついて寝台のそばで荷物を下ろす。

二階の角にある部屋からは大通りを見下ろすことができる。雑多なひとの群れ。石造りの家々。通りを照らす陽の光はまぶしく、ほどよい喧噪《けんそう》が耳に心地好い。ここに着くまで何度か恐ろしい目に遭ってきたから、安全な空間は思っていた以上に落ち着くものだ。

「レイ、この宿には風呂がある。熱い湯が浴びられるぞ。先に入ってくるか」

「え、ほんと！　入ります入ります」

部屋の隅で荷物の整理をしていたユアンの言葉に、思わず飛び上がってしまった。

我ながら現金だなと思うが、熱い湯が使えるのはほんとうに久しぶりだ。こっちにやってきてから、はじめてだ。

いままでずっと水浴びだった。それだけでも十分にありがたいのだと考えるようになったのは、間違いなくユアンのおかげだ。一瞬の隙に命を狙われることだってある。そうならないよう、ユアンが見守ってくれている。そしてレイもまた、及ばずながら火の番や見張りを担ってきた。

——守られているだけじゃない。僕も守ってるんだ、彼を。

その想いはレイを奮い立たせてくれる。

最愛の祖母と死に別れ、おじにすくない遺産を持ち逃げされたことに絶望した末に事故に遭ったあの時点で、一度はこころが折れた。

こっちに来てからさまざまなことがあり、ユアンの庇護がなければ到底生きていられない。逞しい剣士に守られる毎日は絶大な安堵をもたらすが、レイ自身、料理の腕を上げていこうと決意している。

このあいだ逗留《とうりゅう》した村で料理を振る舞った際も、おおいに喜んだ住人たちとこころを通わせ、旅に必要な情報や装備を手に入れることができた。

『おまえのおかげだ』とユアンもほっとしていたのがなんとも嬉しい。温かい料理でひとびとを繋げられたら、これ以上嬉しいことはない。レイが祖母と強く信頼し合っていたように、おいしい食事はひとのこころを和らげ、絆《きずな》を育む。

「宿の主人から石けんをもらったから使え」

白く四角い石けんを渡され、声を上げて喜んだ。熱い風呂に石けん、完璧だ。

「なら、お先にお風呂いただいてきちゃいますね。ジルも一緒に行こう。きみも水浴びがしたいだろ？」

「したいしたい！」

大喜びするジルとともに、一枚だけある着替えを持って湯浴みへと向かった。

風呂場は思ったより広い。背の高いついたてで仕切られ、そのひとつをジルとレイだけで使うことができた。べつの場所で沸かした湯をいちいち桶に運んでいるのだろう。手間暇かかった湯をありがたく思いながら身体じゅう石けんで泡立て、ジルには冷たい水を浴びせた。

「きもちいー！」

「こら、ジル！　水、水、つめた！」

ぱたぱたと翼を開いたり閉じたりして水を弾くジルと一緒に笑い、さっぱりしたところで部屋に戻ると、ユアンが新しい下着と冷たい飲み物、そして甘い果実を買ってきてくれていた。

「風呂のあとで悪いな。下着を買ってきたから、着替えたいならこれを」

「わ、ありがとうございます。靴下まである」

清潔な下着がひとそろいあることに声を弾ませ、急いで部屋の隅で着替えた。

ユアンと旅をはじめてから、かれこれ二か月近くが経つ。互いに声の届く距離にいることがほとんどだから、余計にプライバシーを大切にするようにしていた。

親しい人間同士でもずっと一緒にいれば、ひとりになりたいときがある。

自分と出会うまで、ユアンはひとりでいることになんの支障もなかっただろう。目の前に立ちふさがる獣を次々と倒し、食べることも、寝ることも、休むことも、ひとりならば問題はさほど生じない。しかし、そこに無力な者が加わるとなると、想像以上に厄介になることはレイでもわかる。

誰かを守って盾になるぶん、当の本人は命の危機にさらされるのだ。自分がふがいないばかりに、ユアンに怪我をさせるわけにはいかない。

明るく無邪気なジルが仲間に加わってからは、ユアンとも話しやすくなった。人間がふたりきりだったらぎこちない空気になることもあるが、それをジルがいい感じに破ってくれるのだ。ドラゴンを連れ歩くなんて自分にできるだろうかと悩んだこともあったが、ジルはいい子だ。たまに体力を持て余して思いきり翼を動かしているところを目にするたび、いつか自分よりもずっと大きくなるんだろうなと微笑ましくなる。

「せっかく大きな町に落ち着いたんだし、あとで剣の稽古をつけてもらえませんか？　僕、まだ頼りないし。自分でもひやひやします」

着替え終えたレイが意気込むと、ユアンはおかしそうに肩を揺する。

「そう慌てるな。とりあえずゆっくり食事をして休もう。俺もすこし疲れた」

「つかれたあー。ねむい」

「あ、……あ、ふたりともごめん、すみません、気が利かなくて」

「そういう意味で言ったんじゃない。レイ、おまえもここに座って、アイカの実を食べろ。酸味があって甘い。レイとジルが好きな味だ」

「僕の好み、知ってるんですね。ジルのことも」

「一緒にいるんだからな」

「ユアン、ありがと」

ベッドの縁に腰かけて当たり前のように言う男の隣に座り、切り分けた真っ赤な果実を受け取った。

拳大の実はきゅっと引き締まってみずみずしい。噛み締めるとじゅわりと果汁が口のなかに広がり、爽やかな香りが鼻を抜ける。グレープフルーツにもっと甘みを加えたような味で、とても食べやすく、皮も実も食べられて種はない。

「これ、すごくおいしい。くせになりそうです。このへんの特産物？」

「気に入ったならよかった。エルハラード王国のすくない名産品なんだ」

もうひと切れ、アイカと呼ばれる赤い実を噛み締めた。ジルは懸命に果実にかぶりついている。風味のある新鮮な果実に、ふとアイデアが浮かんだ。

「これ、調味料に使えるかもしれません。お肉に合うソースが作れると思う」

「肉か」

果実を飲み込んだユアンの腹がぐるると唸《うな》る。素直な反応にくすりと笑い、肌身離さず所持していた赤い表紙のノートを掲げながら、「なにか食べに行きましょう」と誘った。

「お腹、空きましたよね。湯浴みの前に食堂に行きますか？」

「そうしよう。よかったら、食堂で厨房を借りてみないか。いまレイが言ったソースとやらを作ってみてほしい」

「ぜひ」

「ハラへった！」

果実だけでは満足できないジルが空を飛ぶ。ドラゴンにはやっぱり肉だ。

まだ手をつけていないアイカの実をふたつ持ち、ふたりで宿屋と隣り合う食堂へと足を運んだ。

夕飯時の食堂は大混雑だが、タイミングよく席を見つけることができた。水を運んできてくれた若い女性に事の次第を話し、厨房へと案内してもらう。おいしそうな湯気がもうもうと立ち込める場所は、祖母とふたりで毎日の食事を用意したアパートのキッチンよりずっと広いけれど、温かい空気が似通っていた。

「話は主人から聞いてる。ここを使え。ナイフと鍋も使うか？」

「ありがとうございます。お借りしますね」

こころよく場所を空けてくれた料理人に礼を告げ、ユアンと一緒に水洗い場で手を洗ってからまな板の前に立つ。

「今夜の具材から一部取り分けておいた。好きに使ってくれ」

ぴかぴかに磨かれた調理台には肉の塊と数々の野菜が置かれていた。

「あ、これ、グルルアの実ですね。こっちはアカリアの根っこだ。はじめてユアンと一緒にごはんを食べたときに使った食材でしたね」

「そういえばそうだな。この黄色い実はまだ見たことがないだろう。イミの実だ。すごく硬いんだが、風味がある。どう使う？」

「ということはナッツに近いのかな……なら砕いてみましょう。溶けないかもしれないから、仕上げに振りまいてみようかな」

やっぱりこのアリアラの住人たちも、味がしない料理を食べているのだろうか。調理台に並ぶ食材はどれも新鮮で、肉の塊もうまそうだが、味つけになるようなものはひとつもない。いや、あったとしても意識せず、ほとんど使わないのだろう。

外交がへたなせいで、この国には諸外国から食文化が入らず、味について鈍感だ。

おいしいかまずいかという繊細な感覚は、未知の料理に出合ったときにいっそう強くなる。

慣れないものをおそるおそる口にし、あまりのおいしさにびっくりしたことがレイにも何度もある。逆に、まずい外食も何度も経験し、これなら家で作ったほうがいいなとしょげたことだってある。食は経験だ。食べることが生きることに直結するのは当然として、食事というのは本来、素朴な楽しみで、誰でも、いつでも経験できる。高級食材を使えばそれなりに美味だが、安価な肉や野菜を使って味も量も満足できる食卓を調えることだって可能だ。

祖母との食事はそうだった。貧しい生活だからこそ、祖母は工夫して調理し、レイに季節の味を教えてくれたものだ。

台所に立つと、祖母とのことをいつも思い出す。

ナッツのようなイミの実をクラッシャーで粉々にし、鼻を近づけてみると、香ばしい匂いがする。

祖母のノートをぱらぱらめくり、調理台に並んだ食材と見比べて、野菜と肉の煮込み料理のページを大きく開いた。祖母の添え書きに、『八宝菜《はっぽうさい》に似ていておいしいわよ』とあった。今日はこれがいい。中華風の味つけははじめてで、ここにある食材で代用できるかどうか楽しみだ。

八宝菜は、にんじん、きくらげ、うずらのたまご、豚肉、鶏肉、たけのこ、しいたけ、白菜などの八種類以上の具材が必要だ。野菜はうまい具合に、葉付きのもの、根菜、きのこ類がそろっている。大きな食堂らしく、動物の肉も二種類置かれていた。

「きのこ鍋でも十分おいしいんですけど、それはたぶん、普通にここで食べられると思うので……せっかくだから、おばあちゃんも上手だった煮込み料理を作りますね。僕がいたところでは、『八宝菜』

っていう料理名です」

「ハッポー、サイ」

「八つ以上の具を使う料理で、たくさんの宝を集めたおいしいおかずという意味です。野菜がたっぷり食べられて、身体にもいいですよ」

「こっちでは味つけの知識がほとんどないから、具材を使うのは一、二種類だけだ。食べられればいい、腹がふくれればいいだけだから」

「食べたらしあわせになる、特別な一品を作ります」

「それはいいな。だが、たくさんの野菜は……そう得意じゃないんだが。とくにその赤くて細長い根っこ」

ユアンが指すのは、にんじんに似た野菜だ。鮮やかな色合いで硬いが、調理すればおいしそうだ。しかし、にんじんと同じように独特のえぐみがあれば、大人のユアンでも苦手とするのも無理はない。

ちいさく笑い、「大丈夫、任せてください」と請け合った。

「すこしくせがあるかもしれないけど、絶対においしくします。たぶんこのイミの実を仕上げに振りかけたら、ポリポリして楽しい味になりますよ」

本来の八宝菜にナッツは加えないが、ここは自分流といきたい。

「わかった。レイを信じる」

頷くユアンも腕まくりし、木の実をいくつかすり潰してくれた。そのあいだにレイは手際よく野菜の皮を剝いて、ひと口サイズに刻む。うずらのたまごによく似たちいさな殻付きのたまごを鍋で茹で、つるっと剝く。

　重要なのが味つけだ。

　元いた世界の八宝菜で大事だったのは、醬油とみりんだ。このふたつのどちらも、エルハラード王国にはそもそも存在しない。豆を発酵させるといろいろな食材や調味料の素《もと》となるのだが、そうしたテクニックがないのだろう。

　だが、レイには自信がある。ここに来るまでのあいだに集めた草の根、実を調合し、村で分けてもらった瓶に詰め、さらに数種類の木の根を搾って漬け込んでおいた。何度か試したところで、醬油に似た液体調味料に仕上がったのだ。

　これも祖母のノートのおかげだ。何種類もの食材の名前がこちらの文字で記され、祖母の字で『醬油に似ているから、作り置きしておくと便利』と書き添えられていた。醬油は味噌と並んで、日本人のソウルフードだ。匂いを嗅いだらたちまちお腹が鳴る。

「ちゃんと使うのはこれがはじめてですけど、味見はしてるので大丈夫です」

「ショーユ、だったな。濃厚な味に見える」

　布で幾重にもくるんだ瓶は、レイが大切に運んできた。ぐるぐる巻きにした布を取り去った瓶をユアンに見せると、興味深そうな顔を向けてくる。

「みりんもほしいところなんですけど」

「ここにあるなにかで代用できるか？」

「日本酒はないから……白ワインでもいいんだけど……それに砂糖みたいなもの」

　ユアンが料理人から数本の酒瓶を預かってきた。喜んでひとつひとつ確かめ、匂いにくせのない酒を選び出す。これにすり潰したアイカの実を混ぜれば、みりんのかわりに使えるかもしれない。小鉢に酒と甘い実を合わせてよく混ぜ、ちょんと指先をつけて舐めてみた。ほんのり甘くて、酒の匂いがする。

「ん、みりんっぽい！　あとは片栗粉《かたくりこ》のかわりに、粉状にしたイサンの実を水で溶いて仕上げに加えれば……うん、完璧な八宝菜が作れます」

「よかった。なら、やってみよう」

　火で熱くした深い鍋に植物油をたっぷり引き、具材をどんどん炒めていく。さらに水と各種調味料を混ぜ入れて、数分、蒸し煮にする。蓋をして、しばしユアンと待つ。そのあいだ、ジルは興味深そうにあちこちぱたぱたと飛び回っていた。

「……気になってたことがあるんですけど。あなたが言っていた安全な町って、ここですか？」

　唐突に訊いたせいか、ユアンは不思議そうだ。だから、慎重に言葉を重ねた。

「安全な町まで警護するって、出会ったときに言ってたでしょう。大きな町だし、アリアラがそうなのかなと……」

　だとしたら、ふたりと一匹の旅はここで終わるのだろうか。

どんな答えが返ってくるか、やっぱり怖い。

『そうだ』とあっさり言われたら落ち込む。勝手な思い込みだというのはよくわかっている。ここまで連れてきてもらっただけでありがたいのだ。

この先も一緒に旅したいなんて過ぎたわがまま、言えるわけがない。

出会ったときからずっと、足手まといになっている自信はある。いざというとき、炎で敵を一掃できるジルのほうがユアンにとってはこころ強いだろう。

「僕があなたのお役に立てているのって、料理を振る舞うときくらいで……ユアンにもなにか目的があるんでしょう？　国じゅうを回って生きる意味を探してるって言ってましたよね。それってもう見つかりましたか」

マスクをつけたユアンは視線を落とし、口を閉ざしている。

ユアンほどの人間がなぜ生きる意味を探しているのか。できることなら知りたかった。

ふっとくちびるが熱を帯びる。ふたりのあいだで交差した、甘やかでどこか淫らな温もりがいまでも忘れられない。キスはあれきりだ。濃密だったとはいえ、一度味わったらユアンは満足したのかもしれない。

しつこく覚えている自分が無様に思えてくる。彼のこころに深く踏み込みたいと思うのも、ひどく不躾《ぶしつけ》な気がしてきた。

「すみません、変なこと訊いて……気にしないでください。こんなこと言っておいてなんだけど、ここで道を違《たが》えても大丈夫です。僕もひとりでがんばってみますから。ジルも連れていきます」

こころにもないことを言っている。口元に笑みが浮かぶよう、強く意識した。

生まれてはじめてのくちづけを異世界で経験するとは想像もしていなかったが、その相手がユアンでほんとうによかった。

あのキスは一夜かぎりだ、きっと。そう思ったほうがいい。変に期待したらユアンも負担に思うだろう。慣れないことをすれば、自分もあとあと悔やむ。

それ以上はなにも言えずうつむいた瞬間、頭をぽんと軽く叩かれた。

「おまえは俺に離れてほしいのか」

「……ユアン」

「俺はいやだ」

即座に切り返され、思わず彼を見上げた。ユアンが鋭いまなざしで射貫いてくることにたじろぎ、喉がつっかえる。

「料理が食べられなくなる、から？」

『まあな』と言われたら、おとなしく微笑んで引き下がっただろう。

だが、こういうときにかぎって、ユアンは強い声で言いきる。

「レイと旅を続けたい。このあいだ知り合ったばかりじゃないか。この町は確かに大きいが、エルハラード王国のなかでは二番めだ」

「いちばん大きな町ってどこですか」

そこに行けば、もう彼も安心するだろう。住み込みの仕事でも探して落ち着き、これからのことをゆっくり考えればいい。

「もっとも栄えてるのは――王都だ。エルハラード王国を治めるジュリアス王がいらっしゃる」

「そういえば村でも聞きましたね。レニエ第一王子、ギルフォード様という第二王子も。おふたりとも最近、公務には出てらっしゃらないという話でした」

ユアンの頬がこころなしか引きつったように見えたのは気のせいだろうか。村でも、王家の話が出たときに憂えた顔をしていた。政治の話に触れたくない理由でもあるのかもしれない。

「……庶民が王都を訪ねるのはまったく問題ない。どこもかしこも華やかで、ひとも多い。食以外の文化は発展してる。店にある武器や防具も逸品ぞろいだし、道具屋にもめずらしいものがたくさんある」

「へえ、行ってみたい。たくさんのお店があるんですよね？　その町なら」

――僕でも働けるところがあるかもしれない。

言いかけて、慌てて手元の鍋に視線を落とした。うっかり話し込んでいたら、焦げつきそうだ。具材を木の匙で大きくかき回すといい匂いが広がり、ほっとした。

「王都まで一緒に行こう。ジルも連れて」

そう言ってユアンが深く息を吸い込む。

「俺が不要なら正直に言ってくれ。そのときは、おまえがひとりになっても危険が及ばないよう、手配をしてから去る。でも——本心を言えば、俺はいやだ。おまえといたい」

だめ押しの言葉にぐらりと身体が傾ぐ。

ずるい。ユアンはもてる自覚はないようだけど、こんなに情熱的なことを一度も口にしたことがないとは思えない。無愛想で無口だが、彼に惹かれる者は多かっただろう。これまでも、これからも。

ユアンに群がるひとびとの横顔を想像したら、胸の奥がじりっと焦げるような痛みを覚える。嫉妬という感情に生まれてはじめて振り回され、どうしていいかわからなかった。

「レーイ」

「あ、あ、ジル」

「どうしたー？　おなかすいた」

「そうだった、ごめんごめん」

厨房探検から戻ってきたジルが今度は鍋のなかを興味深そうにのぞき込んでくる。試しに味見させてやると、「ん！」とドラゴンは目を細めて頷いた。

「……おいしい……！　にく、いっぱいはいってる。やさい、そんなにすきじゃないけど、これはおいしい。あ、たまご！」

喜ぶジルに誘発されたのか、ユアンも「ひと口くれないか」と身体を傾けてくる。

「どうぞ」

皿に盛りつけてやると、ユアンは色とりどりの具材をめずらしそうに眺めている。

「なんとも腹が減る匂いだな。うまそうだ……」

さっそく肉を口に放り込んだユアンは、ジルと同じように何度も頷く。

「こんなにいろいろとたくさん入ってるのに、すごいな。どの具材も宝石みたいに光っているし、とんでもなくうまい。ああ、ジルの言うとおりだ。たまごも入ってる」

「きらきらしてますよね。僕も八宝菜好きなんですよ。栄養満点で。こっちで作れるとは思わなかったから嬉しい」

噛み締めるように呟き、味見に夢中なユアンの様子をそっと窺った。

「……僕だってユアンと一緒に旅がしたい。でも、あなたの邪魔にならないかなっていつも心配になります」

「俺がどうして、生きる意味を探して旅しているか――」

ユアンが呟く。ジルはまたぱたぱたと飛んでいく。今度はドラゴンに興味津々の料理人に呼ばれて、焼きたての肉をごちそうになっているようだ。

「――それを聞いたらレイは呆《あき》れる」

「そんなことない。ないです。どんなことでも話してほしい」

生きる意味を探す、という言葉に隠された真意が摑めたら。

隣に立つ背の高い男に想いを伝えたくて、懸命に背伸びをした。

「ほんとうに呆れないか？　どんな話でも？」

視線を絡めてくるユアンにこくこくと頷いた。

「僕を信じてください。ユアンにもいろんな事情があるはずだってことくらい、わかります。どうしてあなたみたいに気品があって誰よりも強い剣士が旅をしているのか、知りたい」

「なら、今夜、酒を呑むとするか。お互いに酔ったらすぐ寝てしまえばいい。そこでなら俺も安心して話せる」

「わかりました。じゃあ、いまはまず、お腹を満たしましょう」

「ああ。さっきからずっと腹ぺこだ」

「僕もお腹が鳴りっぱなしです」

顔を見合わせ、ふたりして笑い出した。

その晩の宿屋は大盛況だった。
レイが作った煮込み料理——異世界八宝菜のおいしそうな匂いを嗅ぎつけ、宿の主人ばかりか、泊まり客全員が食堂に吸い寄せられて、「ひと口味見させてくれ」とねだったのだ。そのうえ、幼いドラゴンもいるとなったらお祭り騒ぎになってしまうのも当然だ。

嬉しいリクエストに急遽《きゅうきょ》、宿屋の料理人も一緒に大鍋を使って追加の八宝菜を作り、皆に振る舞った。宿屋の主人が食糧庫が空っぽになってしまうと大笑いしていたくらいだ。

「おお……！　すごいな、このハッポーサイというのは。食べる手が止まらない。こんな料理ははじめてだぜ」

「こういうとき、『うまい』とか『おいしい』って言えばいいのか。なるほどなるほど」

「うまいうまい。こんなのが毎日食えたら空飛ぶ魔獣も撃ち落とせるってもんよ」

「おにいちゃん、金は出す。これ、明日も多めに作ってくんねえか。この町を出る記念としてもういっぺん食べたい」

「俺も俺も。さっきギルドからデカい依頼を受けたんだ。俺にもジルみたいにかわいくて頼もしい仲間がいたらなあ」

出会った当初ユアンも口にしていたが、わいわいと盛り上がる泊まり客たちが口にする『依頼』というものが具体的になんなのか、気になる。ユアンに訊ねてみると、丁寧に説明してくれた。

「剣士や魔道士、占い師に鑑定士たちが集《つど》い、おのおのの特技を登録するギルドという場所がある」

「あ、お金も預かってくれる場所ですね」

「そうだ。金と情報と力が集まるギルドはどの町にもたいていある。旅人はギルドで仲間を探して互いに手を組む。そうせずに、ひとりでこの世界を渡り歩くのは危険だからな」

「確かに……」

「ギルドには、さまざまな依頼も寄せられる。魔獣討伐だけでなく、ひと捜し。宝探しの依頼もあるぞ」

「おもしろそう。ユアンも誰かと一緒に旅したことがあるんですか？」

「俺が旅したいと思ったのはレイがはじめてだ」

町に着いたという安堵からか、今日のユアンはどきりとすることばかり言う。

彼ほどの男なら、あのキスはいっときの過ちだったと言い逃れすることもできるのに。そうしないユアンはとても誠実だと思う。

たまらなく惹かれてしまう。こみ上げる想いをセーブしたくてもできなくて、ふたりきりで言葉を交わしたらうっかり本心を打ち明けてしまいそうだ。

――でも僕はなにを明かしたいんだ？

形にできそうでできない想いを必死に押し隠し、泊まり客たちが話してくれる旅のコツに耳を傾けているうちに夜が更《ふ》けていく。

ひとり、またひとりと満足そうに腹をさすって、旅人たちは食堂を出ていく。どの客も皿を空にし、「また食わせてくれよ」と代金を多めに置いていったことに大喜びした料理人が、「後片付けは俺たちがやるよ」と申し出てくれたので、ありがたく部屋に引き上げることにした。

ランプに火をともし、二台の寝台のあいだにあるちいさなテーブルに置く。食堂からもらってきた酒瓶を傾けてそれぞれの杯に注ぎ、軽く掲げた。ジルはユアンの隣で気持ちよさそうにくつろいでいた。生まれたばかりの頃はレイのそばをひとときも離れなかったが、旅するうちにユアンとの距離を縮めたようだ。

「お疲れさまでした、ユアン。お腹いっぱいになりましたか」

「もうひと皿食べたかった」

「ふふ、ジルは？」

「もうちょっとたべたかった」

お腹だけぽこんとふくらませたジルに、ユアンはおかしそうだ。

「まだ食べられるなんて、さすがドラゴンだな。明日には見上げるほどの大きさになっていそうだ」

「だよね！」

ユアンの言葉にぴょこっと身体を起こしたジルは、「じゃあ」と翼を動かす。

「もっかいたべてくる」

「いまから？　まだ食べ物あるのかな」

「ハラへったらいつでもチューボーにこいって、やどのひとがいってた。レイもユアンも、おやすみ」

それだけ言って、ジルは機嫌よさそうに部屋を出ていった。

「ジル……」

突然ユアンとふたりきりにされて、急に言葉に詰まってしまう。

幼いジルにそんなつもりはないだろうに、空気を読むのがうますぎる。さすがは知性のあるドラゴンだと軽い冗談のひとつでも言いたいが、じわじわと身体が熱くなり、口をつぐんだ。

「ジルも満足したら戻ってくる。あの様子じゃ本当に宿の食糧を食い尽くしそうだな」

「ですね」

ユアンが揺らすのは銅でできた杯で、濃く赤い酒がゆらめいていた。

「どこから話そうか……」

ひとつ息を吐き出したユアンは静かにまばたきを繰り返す。

「以前、おまえは俺に『誰かから逃げているのか』と訊いてきたことがあったな。あれは、事実だ」

「あなたほど強いひとが……なにから？」

ユアンが言葉を探しているのがわかる。だから、レイも黙ってじっと待った。

「逃げろと……言われた」

ぽつりとした声が胸を撃ち抜く。

誰に言われ、なにから逃げたのか。

とっさに胸に浮かんだ疑問を封じ込めるほど、ユアンの声は苦悩に満ちていた。

なんて寂しい声なんだろう。なんて乾いた声なのか。

「……恥ずかしいな。おまえより年上だろう？　こんなことを言ったら嗤《わら》われるな」

返事ができないレイに言い訳するように、ユアンはぐっと杯を呷った。

「いいえ。ちっとも恥ずかしくなんかない。僕だって同じです。おばあちゃんを喪《うしな》った痛みから逃げたようなものです。……でも、ユアンはいまも……逃げてる途中なんですよね？　それがなにからかと訊いたら、怒りますか」

「怒りはしない。俺もおまえに聞いてもらえたら嬉しいと思う。しかし、まだそのときじゃない。俺は……ばかみたいに見栄っ張りなんだろう。真実を明かして、おまえが離れていくことを考えたら怖い」

　意志の強そうな目、がっしりした首から繋がる広い肩、逞しい胸と両腕、長い足。すべてに恵まれたユアンの口から『怖い』という言葉が出るとは思っていなかったから、余計に落ち着かない。

「失望しただろう」

　激しく頭を横に振ってから、酒を飲み干した。甘くて、口当たりがいい。

「そんなわけないじゃないですか。ユアンがなにか言ってくれるたび、僕がどれだけ揺れているか教えたいくらいです」

　ユアンが手を伸ばしてくるのを見つめていると、「来い」と艶のある声が聞こえてきた。

「俺の隣に来い、レイ」

　身体が震えそうなほど蠱惑的《こわくてき》な雄の視線にくらくらしてくる。

　どんな獣よりも毛並みがよく、血筋にも恵まれているかのようなユアンに誘われて杯を持ったままふらりと立ち上がり、操られているかのごとく、彼の隣に腰を下ろした。

　体温が伝わるほどの距離にユアンを感じて、心臓が口から飛び出そうだ。

いま、なにを言ってもすべて彼に笑われそうだから、無言で杯を突き出して何度もおかわりをねだった。そのうち、ほんとうに身体の底に熱が生まれてくる。

火照る頬に触れようとした矢先に、ユアンに指の腹でやさしく擦られた。上から下へ、そっと指の腹でなぞられる気持ちよさに呻いてしまいそうだ。

「酔ったか。もう呑まないほうがいい」

「でも……でも、ユアン」

どくどくと身体じゅうに流れる血の音が耳奥でこだまする。正体のわからないもどかしさに駆られながら彼の名前を呼ぶと、強い力で肩を引き寄せられた。その勢いで目を合わせたとき、自分の胸に棲《す》む熱の正体をやっと認めることができた。

どうしようもなく惹かれている。出会ったときからこころを奪われていた。何度も助けられながら旅を続け、手料理を振る舞う時間が楽しみでならなかった。精悍な相貌で剣を構えるユアン。ふわりと湯気が立ち上るひと皿に相好を崩すユアン。好意は増していく一方だ。その好意は友情ではなく、愛情だ。男同士だとわかっていても気持ちが傾いてしまう。

マスク越しでも、瞳に宿る強靭《きょうじん》な精神が伝わってくる。同時に、誠実な愛情も。

ユアンは思っている以上に情が深い男だ。そうでなければ右も左もわからないレイを守り、道を切り拓《ひら》くなんて困難なまねはしなかったはずだ。ひとりでいたほうが、ずっと旅しやすかったに違いない。

それでも、連れてきてくれた。

困っている人間を見捨てられないのが、ユアンという男だ。

喉がからからに渇いていく。想いのすべてを明かすために顔を上げると一瞬早く、ユアンに頤を親指で押し上げられて目の奥をのぞき込まれる。

「このマスクを外したほうがいいか？」

「……見せてくれるんですか？　いいんですか？」

「おまえなら。レイならいい」

そう言って、ユアンはマスクに指をかけた。ゆっくりとあらわになっていく素顔を間近に見て、息を呑んだ。

ひどい傷があるわけではない。それ以外のつらい理由があるとも思えない。

雄として生まれてきて、神様もこれ以上は与えられないだろうと思うほどに整っていた。真面目さと強さが滲む男らしい目元。通った鼻梁。高い頬骨が醸し出す貴族的な雰囲気を鮮やかに裏切るのは、すこし厚めのくちびるだ。

やけに色香を漂わせる肉感的なくちびるに釘付けになるレイに、ユアンが「どうした」と訊いてくる。

「ぼうっとしてるぞ、レイ」

「……こんなにかっこいいなんて思ってなかった」

切れ長の目がふっと笑う。

「いますぐジルが戻ってきてくれたらいいのに。そうしたら、俺はこれ以上、レイになにかしようなんて思わない」

長い指が髪をやさしく梳《す》いてきて、地肌をくすぐる。温かい指に髪をかき分けられるだけで心地好い。胸に溜まった息を、努めて静かに吐き出す。そうしないと、いまにも荒い息遣いになりそうだからだ。親指で頬を擦られるのもいい。じわりと身体の底から熱がこみ上げてきて、ユアンにしがみつきたくなる。

手を握られ、引き締まった脇腹にいざなわれた。

「俺に摑まれ」

「……っ……うん」

炯々《けいけい》と輝く瞳に魅入られて、どんな言葉にも頷いてしまいたくなる。

顔を近づけてきたユアンから逃げ出すことはしなかった。熱いくちびるがそっと重なって甘く吸われ、背骨の下のほうから震え出す。

「っ……ぁ……」

ねろりと舌が強く絡みついてくることに一瞬怯えたが、それと同じくらいたまらない疼きがふくれ上がる。以前交わしたキスよりずっと激しくて、彼の手で後頭部を支えられていなかったらベッドに倒れ込んでいたはずだ。

口内を満たす舌は大きく、なまめかしい。舌の表面を淫らに擦り合わされると、みっともない声が出そうだ。

いますぐやめてほしい。おかしくなるから。

そう叫んでユアンを突き飛ばすこともできたのに、舌をむさぼられる快楽はあまりに強烈で、理性を粉々に砕く。じゅるっと吸い上げられたときには、もうユアンの胸にすがりついていた。

「ん……っ……ふっ……」

両手で頭を抱え込んでくるユアンに口のなかを存分に犯されて、くぐもった声がもれる。強引な舌遣いに翻弄されっぱなしだ。頤をつまむ指に押し下げられて、もっと深く舌が挿り込んでくる。たっぷりと送り込まれる温かい唾液をこくりと飲み干し、喉を鳴らした。

肌がざわめいているのがユアンにも伝わったのだろう。レイにゆっくりとおおいかぶさってきて、ベッドに組み敷く。

「……ユアン……」

「やめるか？」

清潔なシーツが背中の下で擦れた。ゆるく頭を横に振ってユアンを見上げれば、ぐっとくちびるを引き結ぶユアンが視界にぼんやりと映る。

「やめないで……、ください」

「俺のものにするぞ」

何度も頷いた。低く、どこか飢えを感じさせる声にあらがえるわけがない。

レイの反応を確かめたユアンが上衣の裾から手をすべり込ませてくる。平らかな胸を探られて、くすぐったさに身をよじった。

そこを触ってもおもしろみはないと思う。やわらかいわけでも、ふくらんでいるわけでもない。だが、ユアンは親指と人差し指で胸の尖りをつまみ、こりこりとねじる。最初はむずがゆいだけだったのに、そのうち皮膚の下からツキツキと針で突き上げられるような快感が這い上がってきて、レイは思わず拳を口に当てた。

「……っぁ……」

捏ねられて、引っ張られて、押し転がされる。

知らなかった甘い愉悦に腰が跳ね、羞恥に呑み込まれそうだ。性器を弄《いじ》られて感じるのなら理解できる。男の身体だ。敏感な下肢をもてあそばれたら、経験のない自分はまたたく間に達してしまう。

なのに、ユアンは胸を弄ってくる。ちいさな実を愛《め》でるかのように指の腹で擦り、レイが背中をそらして声を掠れさせると、ふうっと熱い息を乳首に吹きかけてきた。

「ユアン、そこ……っ……なんで……僕は、そんなとこ……」

「すこしも感じないか？」

「そういう、わけじゃ」

「見せてみろ」

かすかな抵抗を示したが、くたんと力が抜けた四肢から服を剝ぎ取られ、うっすらと汗ばむ胸までユアンにさらしてしまう。

尖りは指の愛撫《あいぶ》だけでいまや朱に染まり、生意気な感じでツンと勃《た》っていた。先端をくりゅっと押し潰されるとそこがせり上がっていることを自覚し、恥ずかしくて死にそうだ。

「やだ、胸なんか、……っ感じ、ない」

必死に抵抗するのは、ふしだらだと思われたくないからだ。はじめて身体を重ねるのに、なにもかも快感として捉えたらさすがにユアンだって呆れる。そんな胸の裡を知ってか知らずか、ちいさく笑うユアンが顔を寄せてきて、尖りきった乳首を口に含んだ。

「——……ッ……ぁ……！」

全身を走り抜ける電流は、まさしく快感だ。爪先をぴんと伸ばして気持ちよさを四方に発散させようとしたが、無理だ。そのあいだも体重をかけてのしかかってくるユアンは、真っ赤にふくれ上がった乳首を食《は》み、根元を舌先でツンツンと押し上げてくる。

「だ、めです、だめ、ユアン、そこ……だ、め……」

お願いだからだめです。いますぐやめて。そうじゃないとあなたに恥ずかしいところを見せてしまうから。きらわれたくないからやめて。

懸命な声も喘ぎのなかに消えていく。諦め悪くもがいてみても、ユアンに両手首をぎゅっと摑まれてひとまとめに拘束されてしまう。自分だって彼と同じ男だ。だが、大剣を振り下ろすことに慣れたユアンの骨張った手は思ったより強く、レイの手首をやすやすと押さえつける。

そのことに一抹《いちまつ》の悔しさを覚えても、周囲からふっくらと盛り上がる乳暈《にゅううん》ごと口に含まれ、じゅうっと吸い上げられることにとてつもない愉悦を感じて弓なりに身体をしならせ、ああ、と甘い声を上げた。

だめだ。もう止められない。

くちゅ、ちゅく、と先端を舐《ねぶ》って嚙んで、ますます腫れぼったくなるそこをいとおしそうに弄り回してくるユアンの髪をぐしゃぐしゃとかき回した。

「……っ……あ……ん……っん——……っ」

「もっと感じさせたい」

「ッ……う……」

身体が勝手にびくびく跳ねるほど乳首を嚙みまくられて、つらいほどに喘いだ。全身で感じ取る甘さをずっと味わっていたい。

胸に刺激を与えながら、もう片方の手を下肢に這わせてくるユアンがくすりと笑う。

「勃ってる」

「……ッ」

いちばん認めたくない事実を突きつけられて、顔じゅうが熱い。乳首を愛撫されることで、まさか性器まで昂《たかぶ》るなんて、あまりにもはしたない。

耐え忍ぶレイに、ユアンが不思議そうに訊ねてきた。

「どうした？　つらいか」

「……ちが……これ……っいじょうは……あなたに、きらわれる……」

「そんなわけない。もっと淫らになってくれ。俺はそんなレイが見たくて触ってるんだ」

「っ、ん……！」

するっと肉茎に指が絡まる。自分でもどうかと思うほどに根元からそり返った性器の先端を指の腹でくりくり擦られると、悲鳴のような喘ぎがほとばしった。

「あぁ……っあ――あ、ッあ、ッ……！」

割れ目から、とろりと蜜がしたたり落ちて肉竿の側面を濡《ぬ》らすのがわかる。なんともいかがわしい感触に息を切らすなか、ユアンはふっくらと腫れぼったい乳首を巧みに擦り上げ、もう片方の手で肉茎を育てていく。

じっくりと時間をかけていたぶられることで快感が我慢できないほどふくれ上がり、あっという間に絶頂を呼び寄せた。

「あっ、あっ、だめ、だめ、ユアン、もう……っ……」

「いかせてやる」

「あぁ……！」

肉茎を握り締めるごつごつと骨っぽい手で扱《しご》かれてしまえば、ひとたまりもない。奥のほうから熱の塊が噴き上げるのを止められず、レイは滾《たぎ》る身体をユアンの視線にさらしながら一気に昇り詰めた。

「いく……いっちゃ……！」

精路がちりちりと焼けるような快感が弾けて、大きな手のなかで思いきり白濁を散らした。

「んっ、あっ、あ、っ、ぁ……っユアン……ユア、ン……」

どろりと重たい絶頂が意識を支配し、深い沼へと落ちていく。身体から力が抜け、息を浅くするレイのそこに触れてくるユアンは離れがたいらしい。執拗《しつよう》とも言える指先で身体じゅうを撫で回してくることに、期待が押し寄せる。

きっと、これでは終わらない。終わってほしくなかった。

窓から射し込む月明かりで、ユアンの彫りの深い顔が浮かび上がる。誇らしさに言葉を失うほど、研ぎ澄まされた相貌だ。どんな魔獣よりも、ユアンは高貴で猛々《たけだけ》しい。そんな男と抱き合っている以上、ここで終わるはずがない。

その口元にぎらりと鋭い牙がのぞくことに胸が躍り出す。冴え冴えとした月光があたりを満たすなか、互いに情欲に満ちた視線を絡め合わせた。

ユアンは絶対にここで手を引くことはない。かならず、この願いを叶えてくれる。

——好きだから、最後までしてほしい。僕とひとつになってほしい。

こころからそう思ったのに、ユアンはしばしレイを見つめたあと、ため息をついて顔を背けた。

「今夜はここまでだ」

「……え……」

「これ以上はおまえを傷つけるからだめだ」

「なんで……僕は平気です。傷つくわけない」

離れていく身体に追いすがる自分がみじめに思えて仕方ない。せっかく触れ合ったのに。身体のそこかしこに残る熱をまぼろしにはしたくない。

背中を向けて服の乱れを直すユアンの腕におずおずと触れ、うなだれた。

突き放された気がしてつらい。行為を途中で止めるくらい、急速に冷めてしまったのだろうか。

「僕、上手じゃないから……がっかりさせましたよね」

掠れた呟きに、広い背中がぴくりとこわばる。もっと離れろという意味なのか。伸ばした指を引っ込めることもできず、「ごめんなさい」と囁くと、はっとした様子でユアンが振り返り、肩を強く摑んでくる。

「謝らないでくれ。俺に勇気がないだけだ。レイのせいじゃない」

ユアンが口先だけでごまかそうとしているのではないことは、真剣な声音で伝わってくる。

ほんとうに自分のせいじゃなかったら、どんなにいいだろう。

ユアンは、自分にはわからないなにかを背負っている。それは言葉を失わせるほどの重荷なのだろうか。

もっと長く一緒に過ごしていたら、もっと親しい仲だったらもう一歩深く踏み込める。

そんなふうにも考えたが、どんなに近しいつき合いでも、立ち入ってはいけない領域がある。きっと、ユアンが抱えているのはそういう薄闇だ。

「俺がすべてをおまえに話せたらいいのに」

苦しげな声が胸をかきむしる。

「なにかあるんですか？　僕でよかったら、どんなことでも聞かせてください」

「やさしいな、おまえは。レイに不満があるわけじゃない。でも俺は……誰かに愛してもらえるようなできた人間じゃない。剣を振るうしか能のない、つまらない男だ」

「どうしてそんなこと言うんですか。ユアンは強くてやさしい。僕を助けてくれたひとです。あなたは僕にとって大切なひとです」

懸命に言い募ったが、ユアンは大きく息を吐いてマスクをつけ直し、レイの頭をやさしく撫でて立ち上がった。

「すまない。……ジルの様子を見てくる」

そう言って、扉の向こうに姿を消した。

あとに残されたレイは、ただぼんやりと自分の手のひらを見下ろしていた。

刻み込まれたかと思った熱は、一瞬のうちに消えていく。

第五章

一週間は町に滞在するという話だった。

　初日の夜に気まずいことになり、残りの日々をどう過ごそうかと思い悩んだものの、翌朝のユアンはなにごともなかったような顔をしていた。それがすこし寂しかったが、必要以上に落ち込んでも仕方ないと顔を引き締めた。

　――あのときのユアンはもどかしそうだった。言葉を絞り出そうとして、できないようだった。なにかが彼をせき止めている。それがどんなものなのか無理に訊かず、待ってみよう。ユアンが自然と教えてくれるまで。

　町での日々も三日を過ぎた朝、隣り合ったベッドで目を覚ました。互いに挨拶を交わし、窓を開けて気持ちいい朝の風を取り込んだ。

　ジルは昨日から「風に当たりたいから」と宿の外で夜を過ごすようになった。毎晩、夕食をたっぷり食べたあとは、宿の主人や料理人たちと盛り上がっているようだ。伝説という幻想を打ち破った人懐こいドラゴンの登場に、ひとびとはおおいに喜び話に花を咲かせているとジルから直接聞いて、思わず笑ってしまった。

ドラゴンというジルの種だけで判断したら、いつか世界を統《す》べる存在として、ひとびとが怯えてもおかしくない。しかもここには、さまざまな地方で多くの獣と戦ってきた強者《つわもの》が集っている。だがそんな彼らがこぞってジルを受け入れ、認めてくれているのが嬉しかった。

無邪気なジルがいなかったら、いま頃、どうしていたかわからない。救われる思いで朝食を食べていると、食堂に集った客たちが「あんたたち、メシを食わせてくれるんだってな」とテーブルにかわるがわる現れた。

「ギルドで聞いたんだ。うまいメシ……って言えばいいのか？」

「うまいメシだ」

「それだ。食ってみたい」

屈強な男たちが口々に言うのを聞きつけ、奥から宿の帳簿係も出てきた。

「この町にいるあいだ、よかったらまた料理を作ってくれないか？　うちの宿にとってもいい宣伝になる。もちろん金は出す。主人から預かってきた。受け取ってくれ」

帳簿係が金貨が詰まった袋を押しつけてきたときには焦ったが、隣にいるユアンを見ると浅く顎を引いていた。

「ユアンも一緒に作ってくれますか」

「もちろんだ」

ならば、こころ強い。滞在中、剣の稽古以外なにもしないというのは暇すぎる。それに、自分でも稼ぎたいとずっと思っていたのだ。料理の腕を買ってもらえるのはレイとしても嬉しい。

「お受けいたします。でも、これはいただきすぎな気がしますけど」

重たい袋のなかをのぞくと、きらきらした金貨がまばゆい。

「とんでもない。もっともらってほしいくらいだ。あんたの料理のおかげで、今後しばらくは予約でいっぱいだ。満室御礼で食堂も大開放だな。あんたたちが旅立つまでに料理のコツを教えてもらいたいと料理人が言ってる。どうか、よろしく頼む」

「こちらこそ。そういえば、ご主人は？」

ここに投宿するようになってから毎日挨拶してくれる宿の主人の姿が見えないことを不思議に思い訊ねてみると、帳簿係の顔がかすかに引きつった。

「いまちょっと外出しているだけだよ。あとで挨拶に来るそうだ。じゃあな、料理の件は頼んだぞ」

「あの」

引き留める間もなく、帳簿係はそそくさと立ち去ってしまう。大きな宿を切り盛りする主人といいコンビで、最初に顔を合わせたときから明るい笑顔を振りまいてくれていたのだが、いまはすこし緊張していたようだった。

そう呟くと、ユアンも気づいていたようで、「すこしおかしかったな」と帳簿係が消えていったほうを見つめていた。

「あとで一度、様子を見に行ってみる。とりあえず、すぐに動くとしよう。俺は武器屋で剣の手入れをしてもらってくる。レイはどうする？」

「僕は洗濯をしたあとに買い物に行きます」

「では、またな」

ユアンを送り出し、レイは宿に残って衣類を洗濯して庭に干してから、外でのんびりしていたジルと連れだって町を見て回ることにした。

「ここ、大きいねえ。ひともいっぱいいるし、お店もたくさんある」

「危険な匂いはしない？」

「それはしない。同類がいたらすぐわかる」

隣を歩くジルが胸を張るのを微笑ましく見つめていたが、ふいに気づいた。

「……ジル、喋りがしっかりしてない？　身体もなんだか……昨日よりずっと大きくなった気がする」

「ほんと？　自分ではよくわからないけど」

いま、まさしく口にしている言葉の端々に成長を感じる。この三日間でぐんぐん成長したジルは、レイの身長を追い抜く勢いだった。それがいまはレイの身長をとっくに追い抜き、翼を閉じていても大きく、横幅も成人男性の二倍はある。

昨日の晩から宿の外で過ごすようになったのも、身体がぐんと成長し、屋内に入ることができなくなったからだと思い当たり、あらためて伝説の魔獣を見上げた。

「成長してるよ。ドラゴンって成長が早くて知性が高いってほんとうなんだ……僕たち人間よりずっと賢いんだね」

「褒めてもなにも出ないから。あ、でも、火は吐ける、あとで一緒に料理でもしよっか」

「いいね、宿の厨房を借りよう。モーシの粉があったから、甘みを足しておやつを作ろう」

モーシの粉は小麦粉に似ている。パンはもちろんのこと、工夫すればクッキーだってケーキだって焼ける。ベーキングパウダーのかわりになるものも見つけているから、かまどがあればいつでもできそうだ。

旅に出る前に食堂のかまどを借りてモーシの粉でパンもどきをたくさん焼き、保存食として持っていくのもいい。

ジルとそろって町の広場に出てみると、こぢんまりとした市が立っていた。十軒ほどの店が色とりどりの日よけの下で、さまざまな商品を並べている。

「なにがあるんだろ。アリアラの町らしいおみやげあるかな。小物なら持って歩いても邪魔じゃないだろうし」

「食べ物なら、いっぱいほしいな」

ジルはうきうきした顔で店のなかをのぞき込む。人間の自分には皆笑顔を向けてくるが、ドラゴンのジルを見ると一様にぎょっとするのがすこしおかしい。

「大丈夫ですよ。ジルはおとなしいので」

「そ、そう。びっくりした……ドラゴンってほんとうに存在するのね。伝説上の存在だとばかり思ってたから驚いちゃった」

ちいさなラスクのようなものを並べて売っているふっくらした女性は、清潔な青いチェックのワンピースがよく似合っている。好奇心旺盛にジルを見つめ、「これ、ちょっと食べる？　お代はいらないから」とラスクもどきを一枚差し出してきた。

「……いいの？　タダで食べていいの？」

「いいわよぉ。ドラゴンが食べてるってだけで宣伝になるわ。いっぱい食べて」

「ありがと！　レイも食べよう」

「じゃ、僕もありがたくいただきます」

茶色の焦げ目がなんともおいしそうだ。ふたつに割って大きいほうの欠片をジルに渡し、一緒に齧ってみた。

途端に、ざくりとした感触が口内で響き渡る。

「……ぅ……」

「……っ……」

ジルと顔を見合わせ、思わず無言になった。

ざくざくと噛み締めてみるが、味がしない。モーシの粉に水を混ぜ、ただ焼いただけのようだ。お腹には溜まるだろうが、口のなかの水分が全部持っていかれる。噎せないようになんとか飲み込んでいると、隣でジルも大きく胸をふくらませていた。

「もう一枚食べる？　いっぱいあるから遠慮しないで」

「あ、えっと、その、……どうしようかな」

味がしないラスクのようなものだから、上に肉を載せて食べるのはどうだろう。アイカの実で甘いジャムを作って塗るのもいいかもしれない。

悪くないなと思い直して、懐から銀貨を取り出した。

「じゃ、袋いっぱいにください」

「お姉さん、これ、ざくざくして気に入った」

「ありがとう！　助かるわ。今日も売れ残るかと思ってたの」

ジルからお姉さんと呼ばれた女性は顔をほころばせ、大きな紙袋からはみ出すほどのラスクもどきを渡してくれたうえに、気前よくまけてくれた。

「気に入ってくれたなら嬉しいわ。皆で食べて、また来てちょうだい」

「ええ、またぜひ」

ほくほく顔のドラゴンを連れて軒先を離れ、「もう、ジル、口うまいよ」と笑った。

「ずいぶんおまけしてもらっちゃったよ。ジルのおかげだね」

「でしょ？　買い物は任せてよ。あ、今度はあそこに行こう。格好いい肘当てが売ってる。レイとユアンに似合いそう」

前脚をぺたっと地面につけてのしのしと歩くジルに、広場のひとびとは目を丸くしている。大きな緑の身体と鋭い鉤爪。左右に揺れる長い尾が怖いのか、じりじりと後じさるひともすくなくない。怖じ気づく住人に、ジルは気づいているのかいないのかわからないが、平然としていた。そのことが、レイをほっとさせる。

この先も好奇の目を向けられることが多いだろう。そのたびジルが落ち込んでいたらかわいそうだ。とはいえ内心では気にしているかもしれないから、今夜はジルの好物を作ろうとこころに決め、いくつかの店をのぞいたあとは商店で野菜と大きな肉の塊を買った。脂身が多めで、豚肉に似ている。薄くスライスしていくつかの調味料に漬け込んだら、生姜焼きに近いものができそうだ。

赤い表紙のノートを脳裏に浮かべてみる。びっしりと書かれたレシピのほとんどをレイは記憶していた。記された具材の半分以上はまだ出会っていないだけに、どこかで見つけられたらいいなと思う。きっと、ノートにある食材のほかにもたくさんのものがあるはずだ。それらをどんなふうに使うか、自分なりのレシピも編み出してみたい。

祖母の味を受け継ぎながら、新しい味を作る。それが、ほんとうの意味での独立の一歩ではないだろうか。

ユアンもジルも外に一歩出れば戦いに身を投じるから、エネルギーとなるたんぱく質をたくさん摂取したほうがいい。モーシの粉で焼いたパンやクッキーもどきは炭水化物となり、やはり運動量の多い男性には必要だ。

「宿に帰ったらこのお肉をおいしく焼いてあげるよ。生姜焼きっていうんだけど」

「それってなに？　どんなの？　お肉ならなんでも食べるけど」

「生姜っていう草の根茎部分を香辛料として使う料理なんだ。こっちなら、ソンクの葉で代用できる。香りがよくて、身体にもいい成分が入っているうえに肉や魚の生臭さも消す。風邪の引きはじめにも効くしね。ほかに玉ねぎっていう野菜も使うんだけど、こっちに似たものがあるかな。ただお肉を焼いただけのものとは違う、くせになる味だよ。ジルにも食べてほしい」

「楽しみ！　レイの料理、大好き」

にこっと笑うジルと肩を並べて歩く。

いまもって、ドラゴンが微笑むというのがおもしろい。だが、宿が近づいてくると自然と足取りが重くなった。

理由は明白だ。

——また夜が来る。

三日前の夜、彼に惹かれていると自覚して胸のなかに飛び込んだ末に、浅ましく喘いだおのれを思い出すとじっとしていられない。

もっと慎ましやかに振る舞うことができなかったのか。乱れきっていなければ、ユアンはもっと触れてくれていたんじゃないだろうかと、ばかなことばかり考えてしまう。

「レーイ、どうしたの？　なんか落ち込んでる」

「あ、ああ……ごめん。いろいろ考えちゃって」

「ユアンのこと？」

「なんでわかったの」

つい口をすべらせてしまって、頬が熱い。回りくどい言い方をされなかっただけに、いきなり急所を突かれた気分だ。

羞恥に顔を赤らめるレイに、ジルは楽しそうに長い尾を揺らす。

「ずっとそばにいればわかるよ。ユアンのこと、好きなんだよね」

「……うん」

男同士だよねと訝《いぶか》しそうに問わないあたり、ドラゴンらしく肝《きも》が据《す》わっている。

「レイが惹かれるのも当然だよ。ユアンって強くてかっこいいもん。私も大好きだよ。レイのことはもーっと好き。私のこと、たまごのときから温めてくれたもんね。ありがとう」

「いえいえ。ドラゴンのたまごを孵せるなんて僕も光栄だよ」

言いながら、なんとなくいま交わした言葉が頭の片隅に引っかかり、反芻してみた。

——私、って言った？

「ジル、いまさ……自分のこと、『私』って言った？　『オレ』じゃなくて……」

「あ。ほんとだね」

きょとんとした顔のジルは、次の瞬間照れたような顔を見せた。

「いつの間にか『私』って言ってたね」

「『オレ』でもぜんぜん問題ないけど」

「んー、これからは『私』って言いたいかな。だって私、女の子だもん」

「えっ⁉」

今度こそ声がひっくり返った。

「男の子だと思ってた……」

生まれたばかりのときはジルが曖昧な自己申告をしたし、判別がつかず無性かもしれないとも思っていたが、よく思い出せば、アリアラの町に入ってからジルの成長はめざましく、『オレ』とも言っていなかった。

「ドラゴンって、ある程度成長するまでは性別がわからないんだって、昨日食堂で一緒になった旅のひとが言ってたな。男の子かもしれないし、女の子かもしれないって。どっちでもなにも変わらないし、いまのこの気分がどうして女の子なのかもわからない。もしかしたら、明日はまた男の子になってたりして。炎は毎日威力を増してるから、いつだってレイたちの役に立てるよ」

ふふふと笑うジルは、昨日よりもおとといよりもずっと成長していた。それは見た目だけではない、中身もだ。

男の子だろうと女の子だろうと態度を変えることはない。無性でも、両性具有でも構わない。

「きみがそばにいてくれることがいちばん大事だよ。でも、僕なにか失礼なことしてないかな。長く一緒に過ごした相手ってそんなにいないんだ。しかもいちばん長いのはおばあちゃんだったし」

「むしろ、おばあちゃんだと思っていっぱい頼って。私はどんどん成長して、千年も二千年も生きるドラゴンだよ」

度量の広さを感じさせる言葉にほっとし、「わかった」と頷き、再び宿に向かって歩き出す。ジルのおかげで、すこしだけ気がまぎれた。この話をユアンにもしなければ。

「早く帰って、ごはん食べよう、ジル」

「だね！」


ジルと約束した生姜焼きをエルハラード流に仕上げるために、ソンクの葉、そして玉ねぎの代用品になりそうな野菜を宿の料理人が見つけてくれた。薄切りにした肉を香辛料と調味料に浸して漬け込み、底の浅い鍋で焼き上げれば、たちまちいい香りが厨房の外まで広がっていく。

「うまいうまい、なんだこりゃ。ただ肉を焼いただけじゃ、こうならん。野菜もいい味してるなあ」

「モーシの粉の焼き物がこんなに合うとは思わなかったな。パサパサした焼き物を肉と一緒に食べると止まらない」

宿の食堂は、レイの料理を待つひとびとで熱気に満ちている。皆、初日の盛り上がりを聞きつけて集まったらしい。

　レイが買ってきた肉だけでは足りずに、料理人に頼んで食糧庫からもいくつかの塊を出してもらったおかげで、食堂を埋め尽くしたひとびとに生姜焼きは大好評だ。一緒に、市で買ったラスクもどきもアイカの実を煮詰めたソースを塗って提供した。

「ショーガヤキのお代わりをくれ」

「こっちもくれ！　この甘いソース、うまいなあ」

「ジルとユアンが羨《うらや》ましいよ。こんなにおいしい食事が毎日楽しめるなんて」

『おいしい』という感覚を一度知った人間は、味の虜になるものだ。もう、以前の味覚には戻れない。自分たちがここを去ったあと、また素っ気ない料理を食べるのかとひとびとが気落ちしないよう、宿の料理人にレシピを書き残していくことにした。

　今夜の生姜焼きも赤い表紙のノートに頼ったけれど、香辛料に深みを出したくていくつかの具材を足してみたところ、これが大成功だった。祖母のレシピをきちんと守ったうえで自分なりに工夫ができたのだと実感できるのは、ことのほか嬉しい。

　こっちの世界で採れる食材をどう調理すればおいしいひと皿になるか。基礎さえ覚えれば、べつの食材と調味料を組み合わせて、新しい味を生み出すこともできる。

　レシピを隠すことはしない。もっと多くのひとに伝えて、いつかこの国じゅうのひとが美味を楽しむようになればいいなと願う。裕福でも、貧しくても、おいしい食事が待っていると思えば、つらい毎日だって乗り越えていくことができるだろう。

食事を終えると酒瓶を持ったユアンに呼ばれ、食堂の隅のテーブルを陣取った。妙に深刻な顔をしているユアンが気になって顔を寄せると、低い声が聞こえてくる。

「――娘のオルガが帰ってこないらしい。主人がひどく気を揉《も》んでいる」

ユアンが教えてくれたのは、宿の看板娘であるオルガのことだ。二十歳《はたち》になったばかりの娘とは何度か宿で顔を合わせていた。黒く長い髪をうしろでひとくくりにし、いつ会っても笑顔を見せてくれるオルガは、荒っぽい旅人が集う宿でも人気者だ。

「昨日の朝早く、『隣町まで買い物に行ってくる』と言い残して出ていったまま、戻ってこないそうだ」

いずれ婿《むこ》養子を迎えて娘に店を継がせたい――おとといの晩、夕食を取っていたレイたちのテーブルに酒を注ぎに来た主人が楽しそうにそう言っていたのを覚えている。

「家出をする理由が見当たらないと主人は憔悴《しょうすい》しきってる。もしかしたら隣町の知り合いの家に急遽泊まることになったのかもしれないと待ってみたが、今日になっても戻ってこないそうだ。今朝、帳簿係がこのテーブルに来ただろう？　あのとき、裏では大騒ぎだったそうだ」

だから顔を出さなかったのかと合点《がてん》がいった。

「心配ですね……オルガって、剣の使い手でしたっけ？　ひとりで旅できるのかな」

「いや。しっかりしている女性だが、剣の達人というわけじゃない。ここから隣町まで、かならず決まった道を行くそうだ。道中はずっとなだらかな平原で、めったに獣も出ない。さらに言うと、隣町までは馬に乗って小一時間。朝早くここを出て、町で買い物を終えたら昼前には戻ると父親にも言っていたそうだ。母親はオルガを心配するあまり、寝込んでしまっている」

「まだ誰も隣町の様子は見に行ってないんですか」

「宿の仕事もあって手が回っていないそうだ」

そこまで詳しく事情を知っているのは、ユアンもオルガを案じて主人からの相談に熱心に耳を傾けたからだろう。マスクをつけているせいで、一見取っつきにくそうに見えるが情は篤《あつ》い。逗留しているあいだに、きっと宿の主人にもそれが伝わったはずだ。

「オルガのこと、一緒に捜してみませんか？」

ちょっと油断すればすぐにお荷物になってしまう自分が言えた義理ではないが、見過ごすことはできない。

「宿のご主人は僕たちによくしてくれています。ジルのことも受け入れてくれて。……僕が出しゃばる場面じゃないですけど、三人で一緒に捜しませんか？　僕、あなたとジルの足を引っ張らないようにしますから」

この世界に来たばかりの頃なら、絶対にこんなこと言えなかった。日に日に大型ドラゴンへと成長していくジルに比べたら笑ってしまうくらいちいさな魔獣にも怯えていたが、この世界で生きていくなら堂々と戦うことも必要だ。傷を負うのを怖がっている場合じゃない。もし、いつかユアンと離れることがあったら――いまは考えたくないが――自分ひとりで立ち向かう強さが大事になる。

強くなりたい。こころからそう思う。ユアンを支えるくらいになりたい。

「……よかったら、なんですけど……食料なら僕がおいしい携帯食を作ります、から……」

だんだんとこころ細くなってきて肩を丸めると、「わかった」という頼もしい声とともに髪をくしゃりとかき回された。弾かれたように顔を上げれば、間近でユアンが微笑んでいる。マスク越しでも、やわらかな笑みを浮かべているのがわかった。

「ジルとおまえと俺の三人で、オルガを見つけよう」

「……ですね！」

「そうと決まったら明朝早くに発ったほうがいい。オルガは護身用の剣と薬草、水を持って出かけたそうだ。どこかで怪我をして動けないでいるのならすぐに助けないと。隣町に無事着いていて、なにかの用事に気を取られて連絡するのを忘れているだけならいいんだが」

「今夜は早めに寝ましょう。あとでジルにも伝えておきます。そうだ、ジルなんですけど」

さっき知ったジルの成長について話して聞かせた途端、ユアンはおかしそうに噴き出す。

「確かに、昨晩から外で過ごしていたな。屋内に入れないほど成長していたか」

マスク越しに見える目元がいとおしげに細められていることに、胸が苦しい。こんなにも甘やかに笑うひとだったろうか。

いけないと思いつつもちらちらと様子を窺っているところへ、見知った男がテーブルに近づいてきた。レイたちがここに投宿した最初の晩から食堂で一緒になり、料理を振る舞ったことで言葉を交わすようになった剣士だ。

「なあ、あんた。あんたに手紙を言付《ことづ》かったんだ」

「――俺に？」

声をかけられたユアンが驚く。レイも耳をそばだてた。

「ギルドで仕事を探していたら、あんたみたいにマスクとマントをつけた男が手紙を渡してきたんだ。あんたに、って。大事な手紙だから早めに読んでほしいとも言われた」

「どんな男だった？」

「年はあんたよりすこし上かな……。整った身なりだったけど、貴族や王族じゃないと思う。ただ、身に着けてるものが高級だったから王都から来たと思うが。俺の予想だと、城に仕える者だ。品はあったぞ」

白い封筒に視線を落とすユアンの横顔は、いささか青ざめて見えた。

「王都から――どんな用向きなんでしょう」

「俺にもさっぱりだ。まあ、詮索はしないでおくよ。旅する者同士、いろいろ事情があるかもしれないし。それに、その男から金貨を十枚もらったしな。じゃ、確かに渡したぞ」

「……ああ、すまない」

立ち去る男を見送り、ユアンは物憂《ものう》げな顔で封筒を手のなかで、表、裏とひっくり返す。

大事な手紙。早めに読んでほしい。あの男はそう言っていた。

こころは日に日に近づいているけれど、ユアンの正体はいまも不明だ。どこから来て、どこへ行くのか知らない。なにかから逃げ、生きる意味を求める旅をしているのだということしか知らない。

レイが固唾を呑んでいるそばで、ユアンは長い指先で封を開け、なかから折り畳まれた紙片を取り出す。

ぱさりと開いたそれに目を走らせた直後、ユアンがぐっと息を呑む気配が伝わってきた。

「あの、ユアン」

彼のまとう空気が変わったことに気づき、声に焦りが滲む。

遠く離れた故郷からの手紙だろうか。一緒に旅するあいだ、ユアンを知っている者とは一度も出会ったことがない。

「どうかしましたか？　手紙になにが……」

長い前髪をさらりと揺らし、ユアンがうつむく。どうにもやるせないその表情に胸をかきむしられ、言葉が出てこない。

手紙を封筒に戻し、ユアンがすいっと視線を向けてきた。鋭く、よく切れる刃物を思わせるそのまなざしは、ここ最近見ていなかったものだけに背筋がぞくりとなる。そしてそれは、出会った頃の彼を彷彿《ほうふつ》とさせるものだった。

「なんでもない。いまは……オルガを見つけるのが先だ。気にするな」

――そんなことできない。気にしないなんて無理だ。

言いたかったけれど、言えない言葉がため息のなかに溶けて消える。

まばたきを繰り返すコアンを見つめ、レイはくちびるを強く噛んだ。

「レイ、大丈夫か？　ついてこられるか？」

「これくらいならぜんぜん。行きましょう。ジル、先になにか見える？」

「まだなんにもー。平原だから、誰かがもし倒れてたらすぐに見つけられるよ」

驚くほど立派に育った翼を大きく羽ばたかせ、レイとユアンの頭上を飛ぶジルは長い首を伸ばして遠くを眺めている。

このあたりは、多くの障害がひそむ森のなかと違って歩きやすい。馬を使えば小一時間で着く隣町まで、レイとユアンは徒歩で向かっていた。陽が昇るのと同時に宿を発ったから、町の住人が朝食を食べはじめる頃には到着するはずだ。

――オルガを捜します。

レイの言葉に、宿の主人は目に涙を浮かべて深々と頭を下げた。『娘をどうか見つけてくれ。礼はいくらでもする』と声を詰まらせる主人の肩をやさしく叩き、『かならず見つける』と約束したユアンが誰よりも頼もしく見えた。胸いっぱいに誇らしさが広がるのと同時に、自分もこのひとにふさわしくありたいと思う。

　昨夜の手紙についてはどちらも口にしなかった。ユアンが胸に秘めておきたいと思っているなら、暴き立てない。土足で彼のこころに踏み込むことはできない――してはいけないと自分でもわかっている。

　だけど、それはあくまでも理性を総動員したうえでの言い訳だ。

　ほんとうは、知りたかった。ユアンと想いを分かち合いたかった。手紙が彼に思わぬ事態を伝えたのは事実だろう。旅先の人間を追って手紙を届けるというのは、元いた世界でも難しいことだ。あちらではインターネットが発達していたから、時間や場所を問わず連絡を取る手段はいくらでもあったけれど、昔からよくある手紙となるとわけが違う。

　徒歩であちこち移動するのが当たり前のこの世界では、誰がいつどんな場所にいるのか、把握するだけでも大変なはずだ。なのに突然謎の使者が現れ、ユアン宛ての手紙を渡していった。

　ギルドからの案件か。それとも、彼の私的なことか。

　考えれば考えるほど、もやもやしてくる。そのことばかりに集中すると、知らずしかめ面になってしまうから、努めて意識をそらして前を向く。

　平らかな草地を早足で歩き、息が切れる前に町に着いた。朝靄《あさもや》も晴れ、町のそこかしこから朝食を準備する気配が伝わってくる。アリアラよりもちいさな町だ。大通りに立つと、正面に古く美しい時計台が見える。そこから半円状に家々が建ち並んでいた。

「ぜんぶで二十軒に満たない。いまの時間帯ならどこも家族全員がそろっているはずだ。レイ、俺よりおまえのほうが人当たりがいいから、住人に警戒されにくい。俺はジルと一緒に裏通りを調べるから、おまえは家々を回ってくれるか？」

「わかりました」

頷いて、二手に分かれた。ぱっと見は穏やかな町だが、裏に回ったらなにがひそんでいるかわからない。アリアラでも打ち捨てられた小屋や、古びた井戸がいくつもあった。親しくなった住人から、『あそこには近づかないほうがいい』という場所を教えてもらったりもした。

いくら広く門戸を開いている町でも、外からやってきた人間を怪しむ者はいるだろう。できるだけ誠実に見える笑みを浮かべ、家々を回った。

しかし、どの家にもオルガはいなかった。住人たちは隣り合う町に住む彼女をよく知っていて、姿を消したと告げるといちように心配そうな声をもらした。

五軒めでは色白の婦人が扉を開けてくれ、オルガの失踪を知ると顔を曇らせた。

「あの子は町に来たら、かならずうちに寄ってくれるのよ。このあたりだけに生えている青草のスープを食べながら、いろいろ話して町に帰るのが習慣になってるの。私とあの子の父親が親しいのよ。でも、昨日、オルガは来なかったわ」

「そうですか……どこに行ったんでしょうね」

「心配だわ。あの子、剣も魔法も得意じゃないし。気立ては抜群で、いつか家を継ぐことを本人も楽しみにしてた。お客を迎えて世話するのがなによりも楽しいんだそうよ」

「いい娘さんですね」

「ほんとうに」

微笑み合っていると、動物たちの世話と散歩を終えた彼女の夫が家に戻ってきた。

「先月来たときは姿を消す気配なんてみじんも感じさせなかったのに」

「自分から消えたのかしら。それとも、なにか事故に巻き込まれたのかしら」

夫妻は不安そうな視線を交わし、レイを見つめる。

「朝の散歩でそのへんを歩いてきたが、とくにおかしなことはなかったよ。ちいさな町だからね、内でも外でも妙なことが起きればすぐにわかる。気になるようなら住人を集めようか？　町長も起きてる頃だ。オルガのことなら皆心配だろう」

夫君《ふくん》の言葉に頷こうとしていたところへ、扉を叩く音が聞こえてきた。入ってきたのは、髭をたくわえた背の高い壮年の男性だ。彼のうしろにユアンが立っており、さらにそのうしろからジルがひょこっと顔をのぞかせていた。夫妻は、うっかり加減を間違えれば戸口を壊しそうなドラゴンをひと目見て飛び上がりそうになっていたが、男性とユアンがそろって、「大丈夫、このドラゴンはとてもいい子だ」と言ったことでなんとか落ち着きを取り戻した。

「彼が町長だ」

ユアンの言葉に、レイは頭を下げて名乗り、朝早く町を訪ねてきた非礼を詫びた。

「オルガのことはユアンから聞いたよ。この夫妻も同じことを言っただろうが、私たちの町では誰も彼女の姿を見ていない。私はオルガの両親とは古くからの親友で、家族ぐるみのつき合いをしてきた。だが、先月オルガとこの町で会ったときもべつだんおかしな様子はなかったよ」

「いつもと変わりない感じでしたか？　ふさぎ込んでいたりとか、逆にほがらかすぎたりとか……落ち込んでいるひとに悩みがあるのは皆気づくと思うんですけど、明るく振る舞うひとも秘密を抱えていることがあるかなと思って」

「ほう、誰かそんなひとがきみのそばにいたのかね？」

町長に問われ、レイはすこしうつむいた。

「僕の祖母が……病気で亡くなったんですけど、手の施しようがないと医師に言われるまで、身体の調子が悪いことを伏せていたんです」

ぎりぎりまで、祖母はレイとともに台所に立ち続けた。毎日教えてくれるレシピを懸命に吸収したが、いま思えば、祖母は先が長くないとわかっていて、できるかぎりのことをレイに伝えようとしていたのだろう。

いつか顔や声を忘れても、舌に残る味はずっと覚えているものだ。

「すごく明るかった。身体もつらかっただろうに、最後まで泣き言をもらさなかったんです。そういうひともいるから、なんとなく」

そこまで言って、皆の視線を集めていることにふと気づき、はっと顔を引き締めた。

「ですぎたことを言ってすみません。オルガさんのこと、ほとんど知らないのに」

「レイの言うこともわかる。自分のなかの痛みを他人に知られたくなくて、隠し通すひともいるだろうな。大切なひとを心配させてしまうほうがきっとつらかったんだろう」

ユアンのやさしい声にほっとする。夫妻も神妙な面持ちで頷いていたが、「しかし」と町長が腕を組んだ。

「オルガは病などに悩んでいたようには見えなかった。彼女の両親からもそういう話は聞いていない。親子仲もよかったから、こころに秘めたことがあれば家族に相談していたと思うが……」

「でもねえ、年頃の女の子だったら言えないことのひとつやふたつはあるんじゃないかしら。私だって両親にはかわいがってもらったけど、思っていることすべてを話したわけじゃないもの。他人から見たら些細な悩みごとはとくに」

「たとえば、どんな？」

素直な質問を投げかけた夫に、夫人はくすりと笑う。

「友情や恋愛について。自分でもちょっと恥ずかしいなと思うことって、家族にはなかなか話せないわよ。普段の自分をいちばん知ってるんですもの。からかわれたらどうしようって考えただけでいたたまれなくなっちゃう。皆さんはそんなことない？」

つかの間、沈黙がその場に広がる。レイはなんとか接ぎ穂になるような言葉を探したけれど、うまい具合に見つからず、もどかしさが募る。

背中に視線を感じて振り向くと、ジルとぱちっと目が合った。ジルはドラゴンなのにいたずらっぽい目をしている。

「私、なーい。ユアンとレイに隠しごとしたこと、ないなー」

生まれたときから世界を統べるというドラゴンに言われて、皆、気詰まりなのも忘れて噴き出した。

「さすがドラゴンだな、きみが悩みごとに取り憑《つ》かれたら、人間は自分の卑小さにどこまでも落ち込んでしまうよ」

「そうね、ほんとうに。生きているあいだにこんなに立派なドラゴンと会えるなんて思ってもなかったわ。オルガにも会わせてあげたい。あの子、不思議なものが大好きだったから」

「父親の話では、どこへ行くにしてもこの町を通らないということは考えられないそうだ。昨日、町のどこかでオルガの姿を見かけた者がいなかったかどうか、もう一度住人たちに聞いて回ってもいいか？　彼女は昨日の朝、家を出てこの町に向かったらしいが、まっすぐ来たとはかぎらない。どこかで時間を潰して、人目につかない時間帯に来たとも考えられる」

ユアンが言うと、町長は「そうだな」と深く頷く。

「どんな可能性も考えられる。私も一緒に回ろう。オルガは時計台が好きだった。あそこで彼女を見かけた者がいないかどうか聞いてみよう」

そこで、ふっと夫人がなにかを探るような目をする。

「時計台……ちょっと待って。昨日の時計台……。そういえば……」

「どうした、なにかあったか？」

「思い違いかもしれないけど……陽が暮れる頃だったわ。町に灯りがともるほんのすこし前よ……時計台の向こうへ誰かが歩いていくのを、私、見たような……」

「ほんとうか？　よく思い出してみてくれ」

夫の声に、夫人は両手で頰を包み込む。そうやって、記憶の糸をたぐり寄せているようだった。

「……そう、遠目だったから……あの子だとは思わなかった。私、夕食に必要なお肉を買いに、時計台近くの商店に行ったの。オルガは髪を腰あたりまで綺麗に伸ばしてるんだけど、あのとき、私が見たのは華奢《きゃしゃ》な男の子のような格好で髪もうんと短かったから、旅のひとだとばかり……それに、ふたり連れだった」

「目立つ特徴がそれだけなら、髪を短くしていたのは男性と見間違わせるためかもしれないな。服と髪で少年のように見せかけることもできる。断定はできないが……」

慎重に言葉を紡ぐユアンに、夫人は申し訳なさそうに詫びた。

「ごめんなさい、いままで忘れていて……誰だろうって不思議に思ったけど、私も買い物で急いでいたし、昨日はべつの町から行商が来ていたから、てっきりそのひとたちだと思い込んだのよ。でも、もうひとりが大人の男性だったから気にはなっていたの。この国で少年と成人男性の組み合わせはめずらしいから」

「思い出してくれて助かる。服の色は覚えてるか？」

「夕方だったからはっきりしないんだけど、茶色か灰色ね。もっと薄い色だったら景色に溶け込んでしまって目につかなかった気がする」

「なるほど。茶色か灰色の服で、髪は短い。どっちの方角に消えたか覚えてるか？」

「時計台のまうしろだから、北だと思う」

「わかった。レイ、ジル、行こう。地味な服装だから簡単には見つからないかもしれないが、成人男性と少年の組み合わせは引っかかる」

「ギルドで仲間になったという可能性はありませんか？」

「剣士でも魔道士でも、旅人として外を歩くには年齢制限がある。幼くても剣や魔力が強い者がいるのは確かだが、成年になるまでギルドに登録できないのがエルハラード王国の決まりだ」

「父親と息子ということは？」

食い下がるのはユアンを否定したいのではなく、自分の思い込みを潰すためだ。

「だとしたら、見つけて話を聞けばいい。ほんとうに親子なら嘘はつかないだろう」

「見つけようよ。皆のために」

ジルの思わしそうな声にレイはユアンと頷き合い、夫妻に礼を言って町長とともに家を出た。

時計台の北へ向かうとぐるりと町を囲む頑丈な石壁に突き当たり、外へと通じる扉を町長が開く。

「この先に待つ崖を越えると、ちいさな村と洞窟《どうくつ》がある。そこを抜ければミンスレットという町があって、さらに歩くと王都に続く細い道に出る」

「ここから王都に繋がっているのか。初耳だ」

町長の言葉に、ユアンがかすかに動揺しているのが伝わってくる。

「古い道だから、このあたりの者しか知らん。その昔、王家に秘密の薬を運ぶ行商人が使っていたとか、王や王子たちの寵愛を受けた者がひっそりと通っていたとかいう噂がある。ほんとうかどうか定かじゃない。ならしていない道だから、私たち町の者はほとんど使わん」

ユアンは眉をひそめていたが、やがて「そうか」と低い声を絞り出す。

「王都に通じる道……、か」

「どうかしましたか」

「……いや、なんでもない。オルガを連れて帰ってくる」

ユアンは「行こう」とレイとジルをうながした。

姿を消したのが昨日だといっても、その足取りを追うというのはたやすいことではない。元いた世界のように、そこかしこに監視カメラがついているわけじゃない。だが、レイとユアンにはジルという頼もしい仲間がいる。

「私、鼻が利くの。オルガの宿を出る前に彼女の部屋に通してもらって、しっかり匂いを覚えてきたから。こっちの方角はあまりひとが通らないようね。オルガの匂いがうっすら残ってる」

「さすがドラゴンだな」

長い首を伸ばしてあたりを探るジルについていき、まっすぐ北に進路を取った。昼過ぎにいったん休憩し、また歩き出して夜は野営し、明け方には荷物を背負ってオルガを捜しはじめた。

二日めの夕方、ジルがひょこんと立ち止まって爪先で立ち、あたりの匂いを嗅ぐ。

「このへんでオルガは足を止めたんだと思う」

大きなドラゴンが背伸びする。一帯は平原で遮るものがないけれど、天気が崩れる気配もないから、もう一度野営しても大丈夫だろう。ユアンにそう言うと、彼のほうも同じことを考えていたようだ。

「先には崖があるようだから、今夜はしっかり休んで、明日あらためて挑もう」

「わかりました」

なだらかな平地で火を起こす場所を探し、荷物を下ろした。互いに、数日外で過ごすための荷造りをしてきた。たっぷりの水、そして宿の厨房を借りて作った携帯食料が自分たちの命綱になる。

レイとユアンは鞄に入れていたモーシのパンもどきと肉を取り出し、焚《た》き火で温めた。ジルにも多めに用意し、「うまい」「ね」「ねー」と頷き合った。

この顔ぶれで食卓を囲むのもごく当たり前になってきて、もし、明日ひとりで過ごせと言われたら困ってしまう気がする。素直にそう言うと、ユアンもジルもおかしそうだ。

「ジル、オルガはこのあたりで一泊したんだろうか」

「うん。匂いが強めに残ってるから、数時間休んだと思うよ。あのご夫人が言ったとおり、連れは男性」

「性別までわかるんだ」

水を差し出すレイに、ジルは満足そうに頷く。

「女性と男性では匂いそのものが違うの。動物は皆そう。ほかの動物の匂いがしたら、すぐわかる。だいたいの大きさもわかるかな」

「すごい。ドラゴンって皆そうなのかな」

「どうなんだろうな。あくまでも伝説上の存在として、ドラゴンは世界に数頭しかいないと本に書かれていた。親はたまごを産んだあと、新しい命にすべてを託して身を隠すそうだ。そして、たった一頭でドラゴンは世界の覇者になる」

「じゃあ、私、ずっとひとりなのかな」

ジルにしてはめずらしくしょげた声に慌てたが、「いや」とユアンがすぐに否定した。

「つがいとなるドラゴンとかならず出会える。そして、愛情と絆を育み、新しい命に繋いでいく――という話だ」

「ふうん……まあでも、ユアンとレイがいれば寂しくないし！　それより、オルガは誰と一緒にいるんだろ。どこに向かってるのかな……」

「心配だよ」

ユアンだけが黙っている。考えごとでもしているのだろうと思ってそれ以上話を続けることはせず、器を片付けてから簡単な寝床を作った。野営なので、焚き火を終始見守る必要がある。

「俺が先に火の番をする。レイとジルは寝てくれ。明日も長いこと歩く」

「いいんですか？　じゃあ、お言葉に甘えて。ジル、火のそばにおいでよ」

「私はあっちに行く。暖かいのは得意じゃないの」

薄闇のなか、ジルはすこし離れた場所に顔を向ける。

「ジルって炎を噴くのに、火の近くは苦手？」

「寝ぼけてうっかり、焚き火のそばで火を噴いたら大惨事になるもん。冗談かと思うでしょ。実際お腹のなかに燃えさかる火があるわけじゃなくて、意思のようなものを塊にして炎に変えるんだけど、それでも自分のなかにそういう力があるのは確かだし」

「そうか……すごいね、あらためて考えると、炎を生み出せるなんて神様みたいだよ」

ジルがその気になったら、この平原などひと吹きで灰にしてしまうのだろう。おそらく世界さえも。

「いつか、その力を見せて。って、そんなことは実現しないほうがいいのか」

「レイの望みならいつでも。ろうそくに火をつけるのなんか朝飯前なんだから」

「それ、前に一度やってもらったらろうそくの半分以上が溶けたんじゃなかったっけ」

「いまならもっとうまくやる」

「わかった。楽しみにしてる」

お互いにくすっと笑ったあと、ジルが焚き火から離れていく。日に日に成長していくジルはもはやレイやユアンの数倍大きく、離れた場所で横たわっていても迫力がある。しかし、さして恐怖心を覚えないのはジルが温厚な性格で、一緒にいる時間も長いからだ。

――敵に回したら、絶対に勝てないな。

無防備な巨軀を見守るレイの視界の隅で、ユアンが身じろぎする。

「ユアン、あなたが先に寝たほうがいいんじゃないですか」

「俺のことは気にするな」

最近よく耳にする言葉に胸がふさぐ。案じるなと言われている気がしたが、彼の手のなかに、あの手紙がくしゃりと握られていることに気づいた。

ユアンが立ち上がる。焚き火からゆっくりと暗い空に舞い上がる赤い火の粉が、逞しい身体を縁取っていた。きらきらと揺れる輪郭はとても綺麗で、どこか近寄りがたいほどに厳《おごそ》かだ。

そばに腰を下ろした剣士をじっと見つめた。

訊きたいことはいくらでもある。彼の正体。マスクをつけている理由。ひとりで旅に出た理由。手紙はなぜユアンを追いかけてきたのか。そこにはなんと書いてあったのか。

そして彼はこれからどこに行くのだろう。

それがいちばん気にかかる。

「……王都になにかあるんですか？」

町長が王都のことを口にしたとき、ユアンが一瞬、顔色を変えたことをはっきり覚えている。あれはなんだったのだろう。

なにげない問いかけに、ユアンの肩がびくりと跳ねる。その横顔は硬く、レイは「すみません」ととっさに謝った。やはり触れられたくないことだったのだ。

「なんでもないです。ちょっと気になっただけで……」

「いや、……いつかは……そうだな、いつかはちゃんとレイにも話そうと思っていた」

深くため息をつくユアンが立てた膝に肘をつき、遠くを見やる。マスクをつけたままだが、そのほうが高い鼻梁やふっくらしたくちびるが際立つ。

――それに、横顔をそっと盗み見ることができる。真正面から向き合うとなんだか落ち着かない。

「俺たちが道を進めば、いつか王都に着く。そのとき、おまえは真実を知って俺を詰ることになる」

「そんなことするはずが」

「ないとは言いきれない。おまえはほんとうの俺を知らない。俺は、情けない男だ。家族を信じられず、国を捨てた。もっと遠くに行くはずだった。エルハラード王国を永遠に忘れるつもりだった。だが、途中でレイに出会って……おまえを近くの町に送り届けるだけだと自分に言い聞かせていたのに」

「……ユアン？」

話がどこへ向かっているのかまったくわからず困惑したが、ユアンは闇を照らす炎を見つめていた。赤い火の向こうになにかが見えているかのようなまなざしは、遠い。

「この国は、王都を中心にぐるりと深い森が囲んでいる。そのなかに町や村があって、旅人は大きな円の外からやってくる。だが、似た景色がどこまでも続くから、迷う者はあとを絶たない。王家の者が城の外に出る際もかならず、地理を熟知している者がつく。だけど、俺は違う」

「え？」

ぽつりとした呟きに首を傾げると、ユアンが自嘲的な笑みを浮かべてこちらを見た。

「俺はこの国にある道のほとんどを知っている。幼い頃からあちこち冒険して、地理を頭のなかに叩き込んでいたつもりだ。ただ、例外もときどきある。町長が教えてくれた王都へ続く抜け道も、そのひとつだ。……俺はもっと、迂回《うかい》しておまえを王都に届けようと思っていたんだ。都に着くまでに時間をかけようとしていた。なのに、まさかこんなところに抜け道があるなんて……」

こころなしかユアンの歯切れが悪い。

「エルハラード王は代々、秘密裏に外つ国を訪れるのが好きだと聞く。うまい料理を味わうため、女遊びをするため」

「料理も？」

「レイもよく知っているとおり、この国の民は味に鈍感だ。険しい山々に囲まれているうえに王家の外交がへたで、外つ国のよい品を入れられないからだ。……俺は幼い頃、何回か味のある料理を口にしたことがある。しかし、それ以降は……いろいろとあって、味そのものを忘れてしまった。いや、忘れたつもりだったが、レイに出会って自分のなかに深く押し込めていた味覚を呼び覚まされたんだ。おまえの料理を口にするたび、生きる力が湧いてくる」

「おおげさですよ。僕はただ、おばあちゃんが授けてくれたレシピに書いてあるとおりにしてるだけです」

「最近は自分ひとりで作っていることもあるじゃないか。このあいだのショーガヤキとか」

「あれはかなり簡単なメニューです」

「それでも立派な料理だ。レイの料理はひとに力を与える。レイもおばあさまの料理を食べてきたからこそ、味覚が鍛えられたんだろう？　もし、おばあさまがいなかったら？」

「…………」

どこかに逃げてしまったおじに、もしも育てられていたら。

笑顔を振りまく裏で怖いほどに他人を疑い、こころをのぞき見して、さして多くもない金を奪ったおじは食にまったく興味がないひとだった。祖母が手料理を出してもとくになにも言わず、たまに彼自身が台所に立つことがあっても、いつもインスタントのものだった。

手作りの温かさを知らないというより、ギャンブルだけに目を向けていたおじにとって、料理はただ空腹を満たせばいいだけのものだったのだろう。すくなからず、そういうひともいると、いまならうっすら理解できる。

「おいしいもので腹を満たすことは至福だ。村人も、町の人間もそのことに気づいたはずだ」

「うん……皆、喜んでくれましたもんね」

どこでも、レイが振る舞う料理はひとを笑顔にさせた。食べることは、生きる力になる。単純だが、大切なことだ。

「ジュリアス王は気が弱いが、おやさしい方だ。あまたの女性を夢中にさせるくらいだから、その気になれば外交もきっとうまくいく。なのに、そうしない」

「王がそうしないのって、なにか理由があるんですか？」

「先代についていた宰相《さいしょう》がいまの王にも仕えている。彼らがジュリアス王をうまいこと操って、外つ国への興味を失わせていると言っても過言ではない。この国は鎖国しているも同然だ。王がもうすこし民の喜びにこころを傾けてくれたら……食べることは生きる糧のひとつで、そのためには外との繋がりを強くし、話し合いも対立も受け入れる姿勢を見せれば……我が国はいまよりもっと発展する」

余計な口を挟むのも野暮だと思うほどに、ユアンの真剣な口ぶりに引き込まれた。

「おいしい料理って、理屈じゃないですよね」

「そうだ」

「王妃はマデリーナ様。第一王子はレニエ様で、いまはなぜかお姿を見せない。寵妃のコリアンヌという女性とのあいだに生まれたのが、ギルフォード様という方でしたね」

「よく覚えてるな」

「王家のことを聞いたのって、あれがはじめてだったからなんとなく記憶に残ってます。ユアンは……その」

もしかして、王家と繋がりがあるんですかと口にしかけたが、なんとなく言葉を呑み込んだ。

ユアンはその胸の裡をいまにも明かしそうだが、あと一歩なにかが足りない気がする。無理強《じ》いするのは気が進まない。レイは火に向き直り、両膝を抱えた。

「俺たちはどこの誰ともわからない状態で知り合った。俺が高貴な生まれとも、怖気をふるうような罪人とも、レイには判断がつかなかったはずだ。それなのによく俺を信じてついてこられたな。あのときも、そしていまも」

「僕とジルをここまで連れてきてくれたじゃないですか。僕はいつだって足手まといなのに文句ひとつ言わないで。……それに僕たち……キスも……、したじゃないですか……」

だんだんと声がか細くなるレイの隣で、ユアンはうつむいていた。

「ああ、そうだ。キスをした。それ以上のこともな。レイはいやじゃなかったか？」

「いやじゃなかった。驚いたけど……夢中になった……。ユアンは大人ですね。僕とあんなことをしても、いつもどおりの顔をしてるし。慌ててるのは僕だけです」

胸をときめかせているのも、羞恥を覚えるのも、絶対に自分だけだ。

「そう思っているのはおまえだけだ。俺だって内心そわそわしていた。不用意に触れたらきらわれると思っていた。くちづけも、その先のことも。だけど、感じるレイを前にしたら止まれなかった」

そう言って顔を近づけてくる男らしい相貌に目が釘付けになる。

くちびるが重なる瞬間、ユアンはおのれを戒めるように笑った。

「俺に理性の欠片もなかったら、レイのすべてを奪っている。……立場なんか忘れて、おまえとジルをどこかに連れ去ってしまいたい」

それから、そっとくちびるをふさがれた。

たったそれだけのことだが、やけに胸に残るキスだった。

険しい崖をなんとか越えて次の町に向かうあいだ、出会った商人や旅人に、『ふたり組を見かけなかったか。ひとりは華奢な少年だ』と、オルガのことを訊ねてみた。最初の三人は空振りに終わったが、荷車を引いている初老の男性が「あの子かなあ」と呟き、レイのそばをぱたぱた飛んでいるジルに「ドラゴンなんてはじめて見たよ」と大仰にのけぞっていた。

「ひどく人目を避けているように見えたもんで、逆に目立っていたんだ。あの日は結構暑かったからな。ふたりとも帽子を脱いでいた。片方はなんだかやたら高圧的な雰囲気で細身の中年男性だ。神経質そうにあたりを見回していたよ。もうひとりは若く、やさしい顔立ちで、俺とすれ違うあいだ、ずっとうつむいていた」

「声をかけましたか？」

「そんな雰囲気じゃなかったよ。ふたりとも先を急いでるようだったから、すれ違っただけだ。……そういや、通りすぎるときに話し声が聞こえた。若い子はありゃ、間違いなく女の子だな。懸命に男っぽく振る舞っていたが、華奢な身体つきだったし、澄んだ声からもすぐに女性が変装してるんだとわかったよ。昨日の夕方に会ったから、この先の村にまだいるかもな」

貴重な情報をもたらしてくれた男性と別れて、足早に村を目指した。

「村の先にある洞窟を抜けたら、ミンスレットという町が待っている。そこからさらに歩くと、王都に続く抜け道があると町長が言っていた。とにかく村に行こう。レイもジルも疲れただろうしな」

「僕は大丈夫ですよ。オルガが村のどこかにいるかもしれないなら、彼女を捜しましょう」

「賛成賛成」

三人の意見が一致し、村に着くとすぐさまオルガのことを訊ねて回った。だが、宿と隣り合う酒場や食堂に集うひとびとからはなにも収穫できなかった。

防具屋の主人も首を横に振った。大きな村ではないので、残りは道具屋だけだ。

「もうどこかに旅立ってしまったんでしょうか」

「かもしれない」

「せっかくだから訊いてみようよ。オルガの匂いがするからこの村に立ち寄ったのは間違いないと思うけど、ひとが多いと嗅ぎ分けにくくて……。あ、あそこ、道具屋の看板出てる」

ジルがばさっと片翼で示す方向に、薬瓶と羽根ペンの絵が彫り込まれた看板がぶら提がっている。皆でそろって店の扉を開けると、正面のカウンター越しに主《あるじ》らしき男性がおり、ちょうどふたり組の客の相手をしているところだった。

「仕事中にすまない。ひと捜しをしているんだが」

ユアンが声をかけると、客の背中がはっきりとこわばった。そのことにジルが気づき、さりげない調子で「お訊きしたいことあるんだけど、いい？」と声をかける。普段どおり明るい声なのは、警戒心を持たれないためだろう。

「アリアラの町の住人が数日前に姿を消したまま帰ってこないんだ。宿屋のひとり娘で、名はオルガ。一見、華奢な少年のようだが、どこかで見たことはないか？」

途端にふたり組が振り返り、一瞬、巨大なドラゴンの姿に怯えたようだったが、すばやく顔を隠した背の高い男が、小柄な少年のマントの肩を抱きかかえるようにして走り出す。戸口に立っていたレイはふたり組に強く肩をぶつけられ危うくよろけそうになったが、とっさにユアンが背中を支えてくれた。

深くフードをかぶった旅人のひとりが男性にしてはほっそりしていて、思わず手を伸ばして引き留めようとしても、指先は空《くう》を掠める。

「待って！」

ジルが前のめりになる。鼻先を蠢かし、「この匂いは――」と低い声で呟いた。

「あなた、オルガじゃない？　話が聞きたいの。お父さんが懸命に捜してる」

「おい、待て！」

必死なジルとユアンの大きな声にも、ふたりは振り返らずに逃げていった。

「オルガだったのか……」

「あのやわらかな匂いは覚えてる。もうひとりはたぶん中年の男性」

皆、男性には見覚えがなかった。オルガとおぼしき人物の顔は、ユアンもちらりとだけ目に留めたようだ。

「切れ長の目をしていた。目鼻立ちの整った女性だと思う」

「連れの男性と駆け落ちしたのかな……」

「そういう感じでもなさそうだったが。男のほうがむりやりオルガを連れ去ったように見えた」

「駆け落ちなら、ひとびとの記憶に残らないように、もっと先を急いだんじゃないの？」

三人で顔を見合わせていると、「あんたたち」と店の主人がおずおずと話しかけてきた。

「いまのふたりを追いかけてきたのか？　だとしたら、若いほうはずいぶん追い詰められていたぞ。懐に差した護身用の剣からずっと手を離さなかった」

「どんな剣だった？」

唐突に声を強めたユアンに、主人は一瞬たじろいだ。

「……柄《つか》の部分に飾りが施されていたな。柄に蔦《つた》が絡まって、先端には赤い宝石を咥《くわ》えた鳥がついていた。綺麗なもんだったよ。観賞用にもなりそうな剣だった」

主人が説明してくれるあいだ、ユアンの顔からはみるみる血の気が引いていく。

尋常じゃない様子に「どうしました」と訊ねたが、ユアンはくちびるを引き結んでいるだけだ。やがて、重々しく頷いて、主人に向き直る。

「男はなにか買っていったのか」

「たいしたものじゃない。ひとつは風邪をたちまち治す丸薬。もうひとつは痛み止めだ」

とくに問題はない。旅を続けるうえで、薬は必需品だ。

「ふたり組が以前ここを訪れたことはないか」

「ないな。でも……男には品があった。そこらの町や村の者じゃない気がする。金を出すときにちょっとだけ見えた革袋にも、金貨がぱんぱんに詰まってたぞ。あんなに大金を持ち歩くなんて、あまり旅慣れてないと思う。ひょっとしたら、王家に仕える者かもな。近頃、宰相のゼニアがジュリアス王のかわりによく公務を行っているらしいと耳に挟んだ。まあ、ジュリアス王は昔からまつりごとよりも女遊びのほうがお上手だからな」

おかしそうに笑う主人に、ユアンはどことなく不機嫌だ。

「王妃のマデリーナ様はお美しく、この国でも名のある貴族の出だ。ひょっとすると王家よりも裕福だとか。政略結婚で家を離れなければいけなかった妃《きさき》は、王家の閉ざされた生活をきらっているという話さえある。第一王子のレニエ様が、早いところ国を継いでくれたらな。あのお方は我が国を愛してらっしゃる」

「よき王子、らしいな」

「旅のお方もそう思うか？　俺は数度しかお顔を拝見していないが、裏表がなさそうな方に見えた」

話し好きな主人は楽しげだ。

「第二王子のギルフォード様も、愛妾の御子《おこ》だがお健やかに育った。あの方がレニエ様を支えていずれふたりで国を盛りたてていくと思ったが、最近はめっきりお噂も聞かなくなった……。そういや、宰相のゼニアがジュリアス王ばかりかレニエ王子も取り込んで、実権を握っているなんてとんでもない話も旅人から聞いたな」

太い腕を組む主人の話に、レイも引き込まれた。旅人たちが行き交う村なだけに、さまざまな噂が通り抜けるのだろう。

「聡明なレニエ王子なら、ゼニアの腹黒さに気づくと思うが」

ユアンの掠れた声に、主人は難しそうな顔をする。

「それが、レニエ王子は毒を盛られて身動きが取れなくなってるという話だぞ。我が身を害され、義理の弟にも魔の手が及ぶんじゃないかと恐れたレニエ王子によって、ギルフォード様はひそかに城を出たらしい……というのは、あくまでも噂だ、噂」

室内がしんと静まり返る。戸口からのぞき込んでいるジルも神妙な顔で聞き入っていた。ちらっと横目で窺うと、ユアンは沈鬱《ちんうつ》な顔をしているが、レイの視線に気づいてか、いつもの冷静さを取り戻す。

「話を聞かせてくれて助かった。俺たちはあのふたりを追う」

「いや、俺もついつい話しすぎた。ただの噂好きなだけだ。許してくれよ」

道具屋の主人はそう言って笑ったが、かたわらのユアンが先ほど見せた重苦しい表情がこころにのしかかっていたレイは、言葉すくなに挨拶をして店を出た。

　なんの手がかりもなくあとを追っていたら、どこかで完全に袋小路に突き当たっていただろうが、自分たちには鼻のいいジルがいる。道具屋ですれ違ったときにレイに移った香りを頼りに、ジルは懸命にオルガのゆくえをたどってくれた。

「北北西から湿った匂いがする。きっと洞窟だよ。オルガの匂いもうっすら漂ってくる」

　道案内をしてくれるジルがあたりの匂いを注意深く嗅ぎながら、歩を進める。やはり、ドラゴンの嗅覚は抜群だ。村から数時間歩き続けた先に険しい山が見えてきて、その真ん中に昏《くら》い裂け目が生じている。

　用心しながら岩壁を手探りし、ジル、ユアン、レイの順で亀裂のなかに入っていく。

　穴は地下深くへと続いていた。幸い、巨軀を誇るジルが通れる大きさだ。

「気をつけて、足元が滑りやすくなってる」

　転げないように腰を低くした。ジルの言うとおり湿った匂いが漂ってくる。きっと、この先を水が流れているのだろう。

「地下水かな……」

「湧き水だったらまあいいが、急流かもしれない。用心しよう。ジル、怪我するなよ」

「わかった」

先頭を行くジルの大きな背中が頼もしい。その頃にはもう陽の光は届かず、あたりは闇に包まれていた。たいまつなど気の利いたものはない。困っていると、前のほうでぽっと赤い火がともる。

「安心して、私の火は尽きることがないから」

炎を吐くことのできるジルがみずからの指先に火をともし、たいまつがわりにしてくれた。

「そんなこともできるのか」

「ちいさな火を生み出し続けるのって結構難しいんだけど、たぶん大丈夫。水が流れてる場所は、もうすぐ」

あたりをぼんやりと火で照らしているジルの言葉は、ほんとうだった。

五分ほど歩いた先の岩場をくぐり抜けると、突然、ごうっと水が流れ落ちる音が響き渡る。

「滝だぁ……」

「こんな深い場所に滝があるのか……」

ジルもユアンも呆然としている。荒々しい水音の正体にレイも声を失った。

視線の先には驚くほど開けた場所があり、高い場所から一気に流れ落ちる水は白いしぶきを散らし、闇のなかでも光り輝いている。

地下ということも相まって、神秘的な光景だ。堂々たる滝は人目に触れることがほとんどないせいか、絶えず豊かな量の水を落とし続けていた。

「ずっと奥のほうから雪解け水が流れ込んでいるんだろう。隣国との境目に、一年じゅう雪が積もる山々がそびえ立っている。そこは神々の国で、人間はけっして入ってはいけないとされているんだ」

「手つかずの自然が成せる業《わざ》なんですね。すごいな……」

ジルを筆頭に、おずおずと滝に近づいた。リボンのように勢いよくくねる水に呑み込まれないよう、流れに沿って歩き、ゆるやかな場所を探す。滝壺からだいぶ離れると、腰を下ろして休める場所があった。

ひと息つくことにした三人は川縁に並んで座り、レイは革鞄から紙包みを取り出す。モーシのパンもどきに、すり潰した甘いアイカの実を塗った保存食を持ち歩いていたのだ。皆の食事を用意しているあいだ、ユアンが水を汲みに行く。

清らかな地下水だから、煮沸せずにそのまま飲んでも大丈夫だろう。カップを流れに浸しているユアンの背中を見つめていると、彼が弾かれたように身体を起こした。

「――オルガ！」

掠れた声にレイとジルも、ユアンに駆け寄る。

「向こう岸にオルガがいる」

目を凝らすと、確かに線の細い人物が川縁に腰を下ろしていた。

「……っ」

反射的にレイが川に足を踏み入れると、「待て」と慌てた様子のユアンに腕を摑まれて引き戻された。

「川の真ん中は深いはずだ。なにも考えずに突っ切ろうとしたら溺《おぼ》れる」

「そうよレイ。慌てないで」

「す、すみません。いま逃したら、また見失いそうで」

波打つ胸に手を当ててユアンたちを振り返り、もう一度向こう岸を見やる。幸い、川の立てる轟音のせいで、彼女はこちらに気づいていない。長旅で疲れているのだろう、立てた両膝に顔を伏せている。連れの男はどこにも見当たらない。どこかではぐれたのか。

「ひとりみたいだし、声、かけてみますか？」

「悩むところだな。不用意に川を渡るのは危険だし……このまま安全な場所を探していたら、そのあいだにどこかに逃げられる可能性もある」

眉間に皺を刻んで考え込むユアンのそばでおろおろしていると、彼は強いまなざしを対岸に向けた。

「俺が行く。おまえたちはここで待っていてくれ」

「そんな、溺れるかもしれないって言ったのはあなたですよ。どうしてもって言うなら命綱を――」

「私が背中に乗せて飛ぶよ！」

ジルが大きく翼を広げた。しかし、いくら高い場所から滝が落ちているとは言え、ドラゴンが飛ぶには狭い。自分とユアンのふたりを悠々とおおい隠してなお余りあるジルを見上げ、手を伸ばす。

「ジル、きみが怪我する。なにかほかにいい方法があるかもしれない」

「でも」

いまにも羽ばたこうとするジルを止めているあいだに、ユアンが川に足を踏み入れた。彼が履いているブーツがいきなりふくらはぎまで濡れて、首のうしろがぞわりとなる。ユアンが言っていたよりも、ずっと深そうで、うかつに進むのは危険だ。しかし、ここでオルガをまた見失うわけにもいかない。

地団駄を踏むようにしていると、突然、対岸の岩陰から男が現れた。

オルガを連れて逃げた男だ。見えない場所で用でも足していたのか、すこし気が抜けた顔だったが、こちらに目を向けるなりぎょっとした様子で後ずさった。

「……待て！」

呆気《あっけ》に取られたのもつかの間、ユアンは太腿《ふともも》まで水に浸かり、向こう岸に渡ろうと必死だ。

「待ってください、待って！」

川の流れに負けじとレイも声を張り上げたが、男は身をひるがえし、オルガの腕を摑んで走り出す。

一度だけ、オルガが振り返った。とまどう表情に胸が詰まり、「オルガ、待って！」と名を呼んだ。

「あなたのお父さんが心配してます！」

「私、どうしても行かなきゃ！」

はじめて聞くオルガの声は誠実で、追い詰められていた。家族になにも言わず姿を消してしまったからにはもっと気性が激しいひとなのかと勝手に想像していたが、実際は真逆だ。

「ごめんなさい、いつか連絡するって父と母に伝えてください。かならず連絡するから！」

悲鳴のような声で言い残し、オルガはつまずきながら男とともに姿を消した。

川縁まで戻ってきたユアンは力なく立ち尽くしている。

「……ふたりとも、元気出して。大丈夫。この洞窟はとても深いからまだ間に合う。絶対どこかで追いつけるから諦めないで。わたしの背中に乗って。天井にぶつからないよううまく飛んでみせる。外に出たら、全力を出すから」

「ああ、……そうだな」

深く頷いたものの、ユアンはひどく疲れた顔をしている。いままでの長い道中でどんなときも顔色ひとつ変えなかったユアンだが、さすがに力が抜けたのだろうか。

「ユアン、大丈夫？　ここで休憩しましょうか」

「いや……行こう。いますぐ。ジルに連れていってもらおう」

「さあ、私の背中にどうぞ」

懸命に身体を低くしてくれるジルの背中に、勢いをつけて飛び乗った。背後にユアンが乗り、レイにおおいかぶさる。ふわりと背中に感じる熱に胸が早鐘を打つ。抱き締められるなんて久しぶりだ。

「ジルにしっかり摑まれ。おまえの背中は俺が守る」

「行くよ！」

ジルがばさりと大きく羽ばたいて飛び立つ。最初は吹っ飛ぶかと思うほどの衝撃を感じたが、数秒後にはなめらかに空を飛んでいた。一瞬、頭のてっぺんが洞窟の天井に触れそうになって、ジルの背中にしがみついた。

「ごめん、怪我してない？」

低空飛行を続けるジルは暗がりでも目が利くらしい。どこにもぶつからず、あちこちと飛び回ってくれた。

「岩陰にもいませんね。どこかに隠れてるとか？」

「かもしれない。ひとりで逃げていたら足が速いのもわかるが、ふたりだとそうもいかない。気配を殺していると思うんだが」

レイの肩越しに先を見渡すユアンの声に焦りが滲んでいる。どうしてもオルガを見つけたいのだろうが、連れの男も気になるらしい。

「あの男性ってオルガの知人なのかな。一緒に逃げるくらいなんだから、親しい友人とか恋人とか……でも、年齢がだいぶ離れてる感じでしたよね」

オルガはまだ二十歳だと聞いていたが、男性は四十過ぎに見えた。若い女性が家を飛び出す際に選んだ相手なのだから、よほどこころを預けているのだろうと思案をめぐらせていると、「あの男のことはよく知っている」と耳元で声がした。素早く振り向くと、ユアンは思い詰めた表情をしている。

真相を知るのがなんとなく怖い。返答に迷っていると、さらりと髪を撫でられた。

「あとでちゃんと言う。落ち着いた場所で、今度こそおまえにすべてを話す。——ジル、もうすぐ外だ」

「だね、もっと高く飛んでいい？」

「頼む！」

ぶわりと風に煽《あお》られたかと思ったら、目の前の視界が一気に開けた。

まぶしすぎる陽の光が目に飛び込んできて、ぎゅっとまぶたを強く閉じ、もう一度開くと、そこには圧倒されるほどの青空が広がっていた。

地平線のずっと向こうまで空が続いている。奥には山の連なりが見えた。あれを越えた先に、隣の国があるのだろう。

「すごい……！　ジル、ユアン、すごいよ！　飛んでる！」

「ああ、ほんとうにすごいな」

一瞬不安を忘れたユアンの声に素直な感動が混ざっていることに気づき、レイは微笑んだ。

普段、ジルが自分の隣を高く低く、気持ちよさそうに飛んでいるのが羨ましかった。誰よりも高い場所から見下ろす光景とはどんなものだろう。空を飛ぶ感覚とはどんなものなのか。身体のどこをどう動かせば飛べるのか。人間が手足を動かすのとはまた違う感覚だろう。

何度かジルに聞いたことがあったが、そのつど、「自然と翼が動くんだよ。レイも歩くとき、無意識に足が前後に動くでしょ？　それと同じ」と言われて、なるほどとは思ったものの、よく考えてみるとやっぱりわからないことが多かった。

それがいま、わかる。全身で風を受け止め、空の広さを感じていた。

自由という途方もない幸福感が身体じゅうを駆けめぐり、興奮で声が上擦ってしまう。

「空ってこんなに広いんだ……」

「ね、広いよね。……オルガたち、どこだろ。上空からでも見つからないなんて、よほど隠れ上手なんだね」

感心したような呟きとともにジルはしばらく飛び回っていたが、やがてため息をついた。

「見つからない。うっかり見過ごしたのかも」

「気にするな。ジルのせいじゃない。彼女たちはまだ洞窟にひそんでいるのかもな。とにかく、いったん降りて翼を休めよう」

「わかった。あ、見て見て。ほら、ちっちゃい集落がある。あそこに降りよう」

ジルの言うとおり、険しい山の中腹に、寄り添うようにして数軒の家が建っていた。その端にジルが降り立つと、ちょうど動物の世話をしていた村人らしき老人が目を丸くしていた。

「あ、あんたたち、空からやってきたのか。そいつは……いったい……」

「ドラゴンだ。怖がらなくていい。とてもいい子だ」

ジルの背中から身軽にひらりと降り立つユアンが老人に挨拶し、事の次第を丁寧に聞かせた。

「まさか伝説の生き物に会えるとはなあ。長生きするもんだ」

「すまないが、休めるところがあればお借りしたい」

「おお、いいよいいよ。空き家があるからついてきなさい。もう陽も暮れる。よかったら今夜はここで休んでいきな。食べものも持ってくる」

「なにからなにまですみません。僕たちに手伝えることはありませんか？」

レイが頭を下げると、しげしげとジルを眺めていた老人は考え込み、「じゃあ」と振り向く。

「ドラゴンのうろこを一枚もらえるか？　記念に取っておきたい。皆に自慢したいんだ」

「そんなのでいいの？　うろこでも爪でもあげるけど」

大判振る舞いのジルに老人は顔をほころばせ、緑色に輝く巨軀にそっと触れている。

「ありがたいねえ。でも、うろこだけで十分だよ。家宝になる」

「ドラゴンってほんとうに皆に敬愛されてるんですね」

空き家に通されて、がらんとした室内を見回しながら訊ねると、老人は腕組みをして深く頷く。

「ドラゴンは、神と並んで伝説の生き物とされているんだ。もし地上に降り立てば、炎で世界をたちまち焼き尽くすとも言われている。人間にとっては恐れ多い、雲の上の存在だ。でも、ほんとうにお目にかかれるとは……。ドラゴンにゃこの家は狭いから、外でお休みいただくことになるが構わないか？」

「翼を休めさせてもらえるだけで助かる。ありがとね」

気さくなジルに、老人はうきうきした足取りで空き家を出ていき、すぐに両手いっぱいの食べものを運んできた。モーシの粉を固めたもの、たくさんの肉、数種の草の根と、高所では貴重な食べものばかりだ。

肌身離さず所持している祖母のノートを開かなくても、なにを作ればいいか頭のなかにぱっと浮かぶ。この世界で、毎日のように料理をしてきたたまものだ。

「乾燥した草の根を肉と一緒に煮込めば、疲労回復のスープができあがるはず……よし」

好奇心旺盛な老人が見ている前で、鍋に水を張って肉と一緒に乾いた草の根を入れた。どれをどの順番で入れればおいしい味が引き出せるか、祖母のノートと、さまざまな台所に立たせてもらったことでずいぶんと学べた。

草の根は長く煮込んだほうが味が染み出るもの、さっと湯に通すだけで香りがつくものと用途が異なる。組み合わせと順番次第ではとんでもなく苦い味になってしまうが、知識さえあればびっくりするほどおいしくできる。

「腹が減る匂いだ……」

立ち上る湯気に老人はうっとりしている。スープを煮込んでいるあいだに、家の外で身体を横たえたジルには肉を焼いて出した。

「ジル、ほんとに外で大丈夫？」

「大丈夫大丈夫。今夜は晴れてるし、こんなに高い場所なら星も綺麗に見えそうだもん」

「わかった。なにかあったらすぐ呼んで」

「はーい」

伝説の生き物とは思えないほどの素直な返事に微笑み、室内に戻った。鍋をのぞくと、いい感じだ。モーシの粉でできたパンのようなものを火で炙ると、いい匂いがする。

「お待たせしました。おじいさんもよかったら一緒にどうぞ」

肉とスープ、パンもどきを皿に盛りつけてテーブルを彩った。真っ先に老人が口をつけ、顔じゅうくしゃくしゃにして喜ぶ。

「じつに腹に染み入る……なんだこれは。いままで口にしてきたものとは比べものにならん。とろみがあって、肉がじゅわっと口のなかでとろけて……」

ほうっと息を吐き、古びたテーブルに着く老人は使い込まれた木製の器を大切そうに見つめた。

「昔、子どもの頃に、母が何度かこんなスープを作ってくれたことがあったな……。あのとき、俺はなんて言ったかな」

「おいしい、とか？　うまいとか」

レイの言葉に、視線をさまよわせていた老人は「そうだそうだ」と顔をほころばせた。

「うまい。そうだ、うまいってやつだ。こんなにうまいスープは久しぶりだ。おかわりをもらっていいか？」

「どうぞ。たくさんありますよ」

大喜びする老人はスープを三度おかわりし、満足そうに腹をさする。

「ここ数日、風邪で具合がよくなかったんだよ。でも、このスープで身体が温まったなあ。指先までぽかぽかだ。ほら、な？」

「あ、ああ。ほんとうだ」

突然老人に手を摑まれたユアンの驚く顔にくすりと笑い、「あなたももっと食べてください」とおかわりを盛りつけた。

肉がいい具合にやわらかくなり、滋養のあるスープに仕上がっている。オルガを追っているさなかで感じていた疲れが薄れていくようだ。明日からまた、捜索に集中できる。

「ごちそうさま。ほんとうにうまかったよ。部屋の隅に古いものだがベッドもある。敷布と毛布を持ってくるから、今夜はゆっくり休んでくれ」

「ありがとうございます」

「世話になる」

礼を告げて、大きなベッドに積もった埃を丁寧に払い、老人が運んできてくれた敷布と毛布を広げた。大人ふたりが寝転がっても、まだ余裕がある。

「もう食べられない……」

満たされたお腹をさすって外に出てみると、ジルも綺麗に平らげていた。

「ねえ、すこし飛んできてもいい？　食後の運動がしたいし、このへんの地形も見ておきたいから。オルガたちのことも気になるしね」

「なら、僕たちも行くよ」

気配を感じ取ったのか、ユアンもそばに来て、「ひとりじゃ危ない」と引き留めるが、世界を圧倒する力を持つドラゴンはにこにこと笑う。

「レイもユアンも休んでいて。このへんは高所だし、夜出歩くのは危ないよ。私は空を飛べるし、夜目も利くから任せて。なにかあればすぐ帰ってくる」

「わかった。……無理するなよ」

「気をつけて」

翼をうずうずと二度、三度と羽ばたかせ、ジルは空に向かって大きく飛び立った。明日からでも、いや、いますぐにでもジルはひとりでやっていけそうなほどに逞しく、大きく成長していた。生まれたばかりの頃、手のなかで感じたちいさな温もりが嘘のようだ。

悠々と羽ばたいていく世界の覇者をユアンとともに無言で見送った。

その姿が視界から消え去ってしまっても、遥《はる》か遠くまで続く空を見つめていた。見上げれば、夜を呼び寄せるいちばん星が煌めいている。

「――部屋に入ろう。おまえに話があるんだ」

振り向くと、覚悟を決めた様子でゆっくりと仮面を外すユアンがそこにいた。

「——俺は、オルガと一緒にいた男をよく知っている。あれはこの国の宰相、ゼニアの側近でローレンという。そして、ゼニアはジュリアス王が全幅の信頼を寄せる腹心だ」

鍋に水を張り、ちいさく火をともして湯気を立たせることで部屋の乾いた空気を潤しながら、ユアンはレイとベッドの縁に並んで腰かけた。両脚のあいだで手を組み、すこしだけ背を丸めるユアンの声はいつになく低く掠れている。

普段、めったに仮面を外さないユアンだが、今夜は久しぶりに素顔をさらしていた。一歩深いところにある本音を明かそうとしているためか、その横顔は緊張している。

「——俺は、王の家系の者だ」

「王の家系……」

一瞬間の抜けた声が出た。

思っていたよりもずっと高位な存在だ。礼を失してないかといまさら不安になってしまう。

眉根を寄せるユアンは苦しそうに声を絞り出す。

「オルガを連れて逃げていた男がローレンだということは、あの道具屋でぶつかったとき気づいた。それまでは俺も彼女が好きな男と駆け落ちしたのかと考えていた。が、エルハラード王国の者がオルガの失踪に深く関わっているとすれば、駆け落ちなんかであるはずがない。あのふたりが逃げている理由も、あまりいいものじゃないだろう」

オルガの事情も気になるが、レイとしてはまず、ユアンが何者なのか知りたい。

どう訊ねようかと迷った末に、「あなたは、誰ですか」と率直に問うてみた。静かな室内に沈黙の帳《とばり》が下り、レイは身じろぎする。

「ジュリアス王の、子ども……とか？」

「そこが知りたいんだろう」

確認するような声にとまどった。もし、言いたくないなら、無理しないでほしい。ジュリアス王には寵妃がたくさんいると聞いた。そのうちのひとりが産んだ子どもがユアンだとしたら、そのことを口にしたくないかもしれない。

「あなたがどこの誰か、……いまは知らなくても構いません。僕にとっては誰より大切なひとです。ユアンという名前で、腕の立つ剣士で、僕と長い旅をしながら、生きる意味を探している」

それはもう見つかっただろうか。ある意味、抽象的で、哲学的でもある旅の終着点にいつ到達できるか、たぶんユアン自身にもわからず、不安だろうと思う。

王家の者なら、王都に戻るのもひとつの選択肢と考えられる。だとしたら、王都こそがふたりの旅の終わりかもしれない。

唐突に浮かんだ未来に、レイはたじろいだ。いつか、この関係も終わるときが来る。そうとわかっていてはじまった旅だ。ユアンは、レイを大きな町——王都に着くまでのあいだ護衛を務めるだけという立場だ。それ以上の仲になることは約束していない。

口をつぐんだレイの想いを汲み取ったのか、ユアンは隣から顔をのぞき込んでくる。

「俺がほんとうに王の子ども……王子だとしたら、レイはどうする？　怖じけるか。それとも」

核心に近づきながら、ぎりぎりのところでユアンは答えを濁す。それがもどかしい反面、真相を知ってしまうのも怖かった。

ほんとうにそんなひとなら、こんなになれなれしくしてはいけない。敬い、ひれ伏すべき存在だ。だとしても、今夜だけは許してほしい。

明日にでも終わる仲なら、いまだけは隣にいたい。

「ユアンが高貴な方でも、無位無冠でも……僕の想いは変わりません。ユアンが好きです」

胸に秘めていた恋情を口にすると、彼への想いが宝石のように煌めきを放つ。

「好きです。――ユアンが好きです。困らせるかもしれないって思ってたけど……出会ったときからずっと気になっていた。突然この世界に現れて、身元もわからない怪しい僕を受け入れて、守ってくれましたよね。この世界でどうあなたの役に立てるかまだわかってないから、お礼の仕方もわからないけど」

語るうちに熱がこもってきて、胸に押し込めていた想いの強さにくらくらしてくる。止めてもらわなければ、この恋の深さにどこまでもつき合わせてしまいそうだ。

「出会ってすぐにおいしいスープを振る舞ってくれただろう。あのとき言ってた、『おかゆ』をいつか食べさせてくれ。礼はそれでいい」

深刻になりそうな場でおかゆを持ち出され、緊張感がふっとほどけて、レイはちいさく笑い出した。

「なんでも作ります。消化のいい実をとろとろになるまで煮込んで、塩辛いグルルアの実で味つけして、たまごをとろっと落としましょう。疲れた身体に染み入るやさしい味ですよ」

「また腹が減る」

唸るユアンと目を合わせて微笑んだ。それからユアンは組んだ拳を顎の下に押し当て、身体を前のめりにさせる。

「俺は——この国の第二王子だ。おまえも知っているとおり、父のジュリアスが愛妾コリアンヌに生ませた子どもだ。ユアンというのは偽名で、ほんとうはギルフォードという」

その名に、知らずと背が伸びた。

まさかという思いと、やはりという確信が交差する。

「俺を産んだと同時に母が亡くなって以来、俺は正妃のマデリーナに育てられてきた。……いや、実際には、使用人たちが俺を育ててきた。王妃は王にも兄上にもさほど関心がなく、もちろん俺のこともどうでもよかったようだ」

乾いた声に息を呑み、なにをどう言えばいいかわからない。ユアンはほんとうに王子だったのだ。大ぶりの剣を振るう荒々しい姿であふれ出る気品を押し隠していたのだ。

「飢えたことは一度もない。寝る場所にも困ったことがない。城を飛び出すまで俺はなにひとつ苦労しなかった。だから世間を知らないいし、いまこの瞬間も愚かなことしか言えない。ひととして浅いんだ、俺は」

「そんな……」

言葉が喉でつっかえる。だけど、なんとしてでも訊きたかった。

「――あの……どうしてユアンは城を飛び出したんですか？」

「………」

口を閉ざすユアンに、やはり訊かなければよかったと悔やんだ。即座に立ち上がり、熱いお茶でも淹《い》れようかと思ったが、ぐっと手首を摑まれて引き戻された。

「ジュリアス王は俺の母が亡くなったあと、たがが外れたかのように女性と遊び回った。マデリーナ王妃はもともと王家の窮屈な生活をきらっていてしょっちゅう生家に戻っていた。ふたりは政治に無関心だから、大事なことは国の重臣たちが担っている。それでも、次の王になるのは兄上のレニエだ」

言葉を切り、ユアンは苦しそうに視線をさまよわせる。

「二歳上の兄上はよい方だ。俺が愛妾の子でも分け隔てなく接してくれて、いつも『ふたりで国を支えていこう』と言っていた。俺たち以外に王の子どもはいないから」

王子という立場だけを聞いたら無邪気に羨むひともいるかもしれないが、レイには到底できない。裕福な王家とは違いすぎる家庭で育っても、祖母の深い愛でくるまれてきたから、レイはひとの温もりを、抱き締められる幸福を知っている。

「幼い俺を兄上はなにかと気遣ってくれたが、彼だってまだ子どもだった。大人の庇護が必要だった。

しかし俺たちを実際に育てた使用人にも家に帰れば愛する夫、妻、子どもがいる。彼らは政治も家庭も顧みない王と王妃を内心軽蔑し、ただ務めを果たすためだけに俺と兄上の面倒を見た。冷えた指で俺を着替えさせてくれた使用人の醒《さ》めた顔がいまでも忘れられないんだ。……幼稚だろう、俺は。嗤っていい」

「嗤うわけない。そんなことしません」

強い語調で言いきる。

ユアンが無愛想なのはなぜなのか、いまならわかる。他人を信用しきれないのだろう。両親にさえ見放され、自分たちを囲むひとびとの態度も冷ややかだった。兄のレニエしか頼れるひとはいなかったのだ。

「でも、お兄様だけはあなたを愛してくれたんですよね？」

「ああ。それは間違いない。俺も兄上のためならこの身を捧げようとこころに誓っていた。が、やさしくてひとのよい兄上がいずれ王位に就くことをこころよく思わない人物がいた」

「……誰ですか」

「王の腹心のゼニアだ。先代の王が存命だった頃から我が国の重臣だったゼニアは切れ者で、歯車が錆《さ》びついた王家をひそかに乗っ取ろうともくろんだ」

「そんな……誰があなたにそんなことを教えたんですか」

「兄上だ。丈夫だった兄上は半年前から体調を崩すようになって、いつしかベッドから離れられなくなった。たびたび高熱を出すようになり、だんだんと四肢の自由も利かなくなった。重い病に冒されたのかと案じていたが、ある夜呼び出されて、『ゼニアに毒を盛られているようだ』と打ち明けてくれた。食事やお茶に微量の毒を混ぜ込まれていたらしい」

物語のなかでしか見たことがない裏切りに、声が出ない。

「ゼニアに金で買われた厨房の者が巧妙に仕組んでいたようだ。その者は自分のしでかした罪の重さに耐えかねて、兄上付きの家臣の一人に真実をもらした。俺とその家臣は急いで魔道士を呼んで回復魔法を詠唱させたが効かなかった。王家に伝わるポーションも飲ませたがだめだった。話すことはできるが、床《とこ》を離れられないんだ。おそらく、外つ国から入手した毒だと思う」

思ってもみなかった展開に、レイは愕然とした。いくら王が政治に興味を示さないからといって諫めもせず、第一王子の暗殺を企てる重臣がいるだなんて。

「臣下の風上にも置けないじゃないですか」

「そうだな。……先の王が偉大すぎたのかもしれない。国政から遠のいても、先王はジュリアス王を腰抜け呼ばわりして、ゼニアを重んじた。十年前に亡くなる寸前、先王は周囲の者を呼び寄せて、『ジュリアスはただゼニアの言うことを聞けばいい。賢いレニエが成人するまで王座を守ればいい』と告げて……末席にいた俺はすぐに兄上の様子を窺った。あんなにつらそうな顔の兄上を見たことは一度もない。ジュリアス王は無表情だった」

淡々とした声のユアンは、膝のあいだで組み合わせた両手に視線を落としている。過去がいまでも彼を追いかけているのだ。

　不用意な言葉で彼を傷つけたくなかった。

　つらかったのはユアンで、レニエで、自分ではない。彼らは高貴な血筋で、普通に考えればまったくの庶民であるレイとは言葉を交わすこともない存在だ。

「兄上の話では、ゼニアは女遊びにうつつを抜かしているジュリアス王を表舞台から退かせて、体《てい》よく城から追い出すつもりらしい。マデリーナ王妃はもともと生家に帰りたがっている方だ。ふたりがいなくなったら、兄上を飾りばかりの王位に就かせ、ゼニアたちが裏で国政を牛耳るつもりらしい」

「お兄様はその話を家臣から聞いたんですよね。そのひとの力を借りて、一時的に国外へ身を隠すとか……」

「彼は兄上に打ち明けた直後に姿を消し、翌日、遺体で見つかった。城下町で酒を呑みすぎて喧嘩に巻き込まれ、殺されたそうだ」

「……ッ……」

　事態は想像以上に深刻だ。

「では、レニエ王子もいつか……」

「いや、そこまでするとさすがにゼニアも民から疑いの目を向けられる。温厚で人望もある兄上を生かさず殺さず、寝たきりにさせておいたほうがいいんだろう。政治とはそういうものだ。それがゼニアの計画だと家臣から伝えられたとき、兄上は俺にいますぐ国を出ろと言ってきた。次に命を狙われるのはおまえだと」

「だから、……旅に出たんですね」

「覚悟が決まるまで俺も悩んだ。兄上のそばで解毒薬を作れないものか……いっそのこと、ゼニアを告発して、罪に問えないかとも考えた。だが、あいつにはローレンをはじめとした腕の立つ側近が多くいる。『へたに動いて返り討ちに遭ったら元も子もない。私にもしものことがあったら、おまえしかいないんだ』と兄上に説得されて城を出たが……」

息を深く吸い込むユアンは空を見据える。下した決断に、いまだこころを残しているようだ。

「一度はなにもかも捨てて、この身ひとつでやっていくと誓った。だが……ずっと悔やんでいたのも嘘じゃない。弟として、逃げる以外にできることはほんとうになかったのか。旅を続けるなかで解毒薬を見つけられるんじゃないか。ゼニアの計画をひっくり返すきっかけを手にできないかとも考え続けるなかで、おまえに出会い、アリアラの町まで一緒に旅することになった。そこで、思わぬ内容の手紙を受け取った」

「それって、もしかして、宿屋で手渡されたあの手紙？」

「覚えていたか。そうだ。あれは兄上が密使を通じて送ってきたものだ。アリアラに住むシイカという娘を見つけたら、安全な国外へ連れ出してほしいと。いまから一年前——兄上がまだ元気だった頃、アリアラの祭りにお忍びで行ったことがあるそうだ。皆が思い思いに仮装して朝まで盛り上がる名の知れた祭りに、兄上は一度でいいから行ってみたかったらしい」

「シイカ……そういう名の女性、いましたっけ……」

「オルガの偽名だ」

「え？」

すぐには呑み込めないレイに、ユアンはゆっくりと話を続ける。

彼はすべてを把握しているらしい。

「兄上は身分を隠して祭りにもぐり込んで、オルガも金髪のかつらをかぶったうえで仮面をつけて仮装していた。ふたりはすぐに恋に落ちたが、オルガは偽名を告げた」

「……一夜の恋だったんですか」

「兄上は隠しごとができないたちだからその夜のうちに、自分が王子であることを打ち明けたそうだ。身分が違いすぎる恋を案じたオルガが、兄上を慮《おもんぱか》ったんだろう。彼女は、兄上に自分はふさわしくないと何度も言ったらしい。それでもこの一年、ひそかに手紙をやり取りして愛を深めてきた」

オルガの気持ちはよくわかる。いままさに、自分がそうだ。ほんとうなら、ユアン――いや、ギルフォードとは軽々しく口を利ける立場ではないのだ。

「ゼニアがいずれオルガにも手を出すのではないかと恐れていた兄上は、彼女にも外つ国に逃げるように何度も伝えたらしいが……大丈夫だから、という返事だったそうだ。『私は大丈夫です。あなたと両親を置いていけない』と。そこで、旅の途中の俺に密使を遣わしたんだ。『アリアラの町に住むシイカとともに逃げてくれ』という手紙には彼女の特徴が書かれていたが、あの町に金の髪の娘はいない。でも、ほんとうは宿屋で会っていた黒い髪の娘がシイカだったんだ。俺の目が節穴だった」

「それは違います。レニエ様の前でもオルガはずっと変装していたんでしょう？　ほんとうの名も明かしていなかったのに、よく気づきましたね」

寄り添うレイにユアンは複雑そうな顔だ。

「道具屋でオルガらしき娘とぶつかっただろう。彼女は蔦と鳥が柄を飾る懐剣を持っていたと道具屋の主人が教えてくれたことを覚えているか？　あれは王家だけに伝わる剣で、兄上がジュリアス王から譲り受け、愛の証としてシイカに渡したそうだ。それでやっと、俺も彼女がオルガでありシイカだと気づいた。容姿を変えても、懐剣だけは肌身離さず身につけていたことで」

「ゼニアはオルガを捕らえて、どうするつもりなんでしょうか」

「兄上を脅す材料にするつもりだろう。兄上に毒を盛ったのと同時期に、ゼニアはオルガのことを知ったんだろう。鋭い奴だから兄上にまつわる出来事はすべて探っていたはずだ。王家に伝わる懐剣を持つオルガの存在を聞きつけたものの、すぐには殺さず、時期を見て彼女を謀《はかりごと》の道具として使おうと考えた……。俺が半年前、ひそかに城を出たこともとうに気づいているだろうが、いまだおおやけにしないのは、旅の途中で始末したいという魂胆があるからだろう。だが、俺がアリアラの町へと進路を取ったことをゼニアは知った」

「誰かにあとをつけさせていた？」

「ああ。愛妾の子ではあるが、俺も王家の一員だ。出奔《しゅっぽん》しても数年、いや、おそらく死ぬまで、誰かが俺の行動を監視するはずだ。兄上が密使を送り込めたのも、家臣に俺のたどる道を追わせているからだ」

ゼニアばかりでなく兄からも追われているのかと青ざめたレイに、ユアンは「悪い意味じゃない」と言う。

「俺を案じてのことだから心配するな。じつを言うと、兄上から手紙をもらったのはあれがはじめてじゃない。レイに出会う前、べつの町に逗留していたときも、『まだ国を出ていないのか』と未練がましい俺を叱る手紙が届いたこともあった」

苦笑いするユアンは、指をゆっくりと折り曲げる。

「レイに出会ってアリアラの町へと向かった俺のことを、ほぼ同じタイミングでゼニアと兄上は知ったんだろう。俺がオルガをかくまえば、ゼニアはもう手が出せなくなる。だからローレンに先回りさせて彼女を捕らえた」

「いま、オルガはどこにいると思います？」

「わからない」

首を横に振るユアンのどこか確信を秘めたその声は、もうとっくにオルガの行く先を知っている気がする。

ここまで来たからには、ユアンの手足となってついていきたかった。情に篤い彼のことだ。オルガを救い出し、生まれ育った城に戻ってすべてに決着をつけるに違いない。

「僕も一緒に行きます。明日の朝早く、ここを発ちましょう。彼女を見つけて、レニエ王子も助けて……そうしたら、そうなったら」

ふいにこちらに顔を向けたユアンが、レイの顎を指でつまんで持ち上げる。至近距離で鋭い視線に射貫かれ、胸が痛いくらいに大きく鳴った。

よく知っているはずのひとなのに、大切なことはなにも知らない気がする。

「あなたがすべてを解決したら、もし……あなたがお城に戻ることになっても僕は大丈夫です。ジルもいるし、ひとりでやっていけます」

精一杯の強がりだと見抜かれたかもしれない。ユアンの強いまなざしに、いまにも本音がこぼれそうだ。

――置いていかないで。そばにいてほしい。

だけど、それはユアンを縛り付ける言葉だ。使命を果たそうとしているユアンには、いま以上に自由でいてほしい。

「ひとりで生きていけるのか。寝床はどうやって確保するんだ。いい場所はいつも俺が見つける」

「僕だって探せます。宿屋もあるし、野宿だってできますよ」

「ほんとうか？　寂しくないのか？」

畳みかけられて、ぐっと言葉に詰まった。必死に見栄を張っていることがばれてしまえば、自然と目元が熱くなる。

「……意地悪いこと言わないでください」

「本音を言わせたい。レイの口から聞きたい」

熱っぽい声とともに顔を上向かされることで、いまにもくちびるが触れそうだ。

いつでも、どこにいても、真っ先にこの手が守ってくれた。

精悍な面差しと目を瞠るほどの逞しい肢体に、出会った瞬間から魅入られてきた。違う生き方をしてきた他人を愛したのは、生まれてはじめてだ。

「……大好き、です。あなただけです」

「そうだ。おまえを抱き締めるのもくちづけるのも、あとにも先にも俺だけだ」

断定的な声音に胸が狂おしくなる。無愛想なユアンがはじめて見せた激しい執着に、こころが甘やかに縛られていく。

「レイが好きだ。ずっとおまえだけを見ていた」

掠れた声が、肌を疼かせた。


「……ユ、アン……そこ、やだ……」

「隠さないでくれ」

「う……」

ユアンに両脚を大きく開かれ、硬く引き締まった肉茎を淫猥《いんわい》に舐めしゃぶられて、気が遠くなりそうだ。

「だめ、だめです、いっちゃう、っ、いく……！」

爪先をぴんと伸ばした瞬間、身体の奥から暴力的な熱がこみ上げてくる。堪えようとしても無理で、レイは涙を溜めながら腰を振るわせた。

「ん……っぁ……っ」

「――……っ……」

ユアンが嚥下《えんげ》する気配が伝わってきて、身体じゅうが羞恥で熱くなった。

「のまないで……ください」

「レイのすべてがほしいんだ。しょうがないだろう？」

微笑まれても恥ずかしくて、身の置きどころがない。どうにかして彼の目から、手から逃れようと必死になったが、本能はたやすくレイ自身を裏切る。

些細な仕草にも感じてしまうことにユアンが呆れるのではないかと不安でしょうがない。こんなふうに触れ合うのは今日がはじめてではないが、いつだって新しい羞恥に苛《さいな》まれてしまう。

いっそ開き直って、堂々と振る舞えればいいのに。経験豊富な態度を取れれば、それもきっといい味つけになるだろう。

自分だけいつまでも顔を赤らめているのも失礼な気がしてきて、レイは息を深く吸い込み、身体の力を抜くよう意識した。しかし、自分に言い聞かせれば言い聞かせるほどに四肢がこわばってしまうのが情けない。

「……そんなに……見るのは……」

頬を熱くするレイを、ユアンがいちばんよくわかっているのかもしれない。艶めかしく湿り気を帯びる内腿に軽くくちづけてきて、危うい角度から見上げてくる。

「俺に任せてくれ。つらい思いはさせない」

真摯《しんし》なものを滲ませた声に、固唾を呑む。

「ユアンのこと、とっくに信じてます。ただ……僕自身、どうしたってあなたに追いつかなくて」

「そんなことで悩んでたのか」

おかしそうに微笑むユアンが人差し指の硬い爪で、レイの膝頭にくるくると円を描く。くすぐったくて、だけど官能を呼び寄せる不思議な感覚に声がもれそうだ。

「俺はずっとおまえがほしくて、何度も頭のなかでレイを抱いた」

扇情的な言葉にぶわりと身体じゅうの血が沸騰する。

「……どんな、ふうに……？」

「知りたいか？　はじめてしまったら止められないけど、それでもいいか」

夢中でこくこく頷いた。ここまで来たら、ユアンのすべてが知りたい。与えてくれるものはぜんぶほしいし、自分から渡せるものがあれば受け取ってほしい。たどたどしくそう口にすると、ユアンはさっき達したばかりのレイの下肢にくちづけ、それから腰を摑んでくるりとひっくり返してきた。

獣のように四つん這いの姿勢を取らされて、一気に顔が熱くなる。背中を大きな手が這い、軽く押してきた。上体をシーツに擦りつけ、腰だけ高々と上げる格好が恥ずかしくてたまらないが、がっしりと骨張った手で摑まれて逃げたくても逃げられない。

「ッ、ユアン……」

声が裏返ったのは、熱い舌が秘所をぬるりと伝いはじめたからだ。

「……ぁ……！」

ちゅ、ちゅっ、と孔《あな》の縁をやさしく吸われてぐるりと舌先でなぞられ、指先でやわらかにつつかれる、痛くはないが、むずがゆい。そんなところ、触られたことがない。ましてや、くちびるを押し当てられるなんて。

「や、だ、ユアン、そんなとこ、舐めない、で……」

「…………」

ユアンは無言で孔を蕩かすことに専念している。

指先で狭い孔の縁を引っ張られたかと思ったら、とろりと熱い唾液をなかに流し込まれた。ぞわりと背骨が浮き立つほどの快感に襲われて、レイは全身を震わせた。

細く尖った舌先をねじ込まれたときには声が掠れた。入り口をくちゅくちゅと舐られ、舐め回されて、頭がおかしくなりそうだ。

はじめてなのに、こんな感覚を味わっていいのか。未知の快感なのか、隅々まで奪われる恐怖なのか判別がつかなくて、ただただユアンの名前を呼んだ。

「安心してくれ。レイが気持ちいいことだけをする」

火照った頬をシーツに擦りつけると、長い指がすうっとなかに挿ってきて、上向きに擦りはじめた。

「ん――ぅ……」

ぬぐぬぐと指で肉襞《にくひだ》をやさしく擦られる感触に呻いた。腰が勝手に揺れてしまう。うずうずと疼く肉洞が自分のものではない気がして、ちっとも落ち着かなかった。だけど、ユアンの骨張った指が縁に引っかかるたびにみっともないくらい声がほとばしり、しだいに強い快感に呑み込まれていく。

「なかが蕩けそうだ。ぐずぐずになってる」

「ぅ……んっ……」

「気持ちいいか？」

「……いい……ぁ……っいい、すごく、いい……」

一度口にしたら止まらなくなった。

「ユアン……いい……っ……そこ、やだ、やだ……」

いやだと繰り返すほど疼きが止まらなくなる。ほしくてしょうがなくて、首をのけぞらせると、ますますねっとりとかき回された。指を増やされたら、さらに感覚が鋭敏になってしまう。

「いい……やめ、ないで……っ……」

「……レイ」

背後でゆらりとユアンが膝立ちになる気配が伝わってくる。

「すこしつらい思いをさせるかもしれない。苦しかったら言ってくれ」

一瞬なんのことかわからなくてとまどったが、ぴたりと押し当てられた先端に息が止まった。

「……っ」

「深く息を吸い込んで吐いてくれ。——そうだ。上手だな。そのほうがおまえがつらくない」

「ん……——く、ん、ぁ……ぁ、あぁ……っ……！」

ぐうっと硬い肉竿がねじ挿ってきて、四肢に力がこもる。すぐに背中にいくつも温かいキスを落とされて、「レイ、レイ」と甘い声がする。

「やめるか？」

「い——……いい、つづけ、て……」

身体が引き裂かれるほどの圧迫感に声を振り絞った。つらいけれど、このまま。このまま続けてほしい。想い続けたユアンとひとつになれたという嬉しさが胸を満たしていく。

慎重に穿《うが》ってくる雄は想像以上に硬く、熱い。時間をかけて挿《さ》し込まれ、みっしりと奥のほうまでこじ開けられていく。

どれくらい吐息を重ねただろう。気づけば、はっと熱い息が背骨にこぼれ落ちて、うなじをやんわりと嚙まれた。

「ぜんぶ、挿った」

汗と色香が入り混じる低い声に、ぞくんと身体の芯が震えた。抑え込んでいた感情が暴走しそうで怖い。うなじから耳のうしろにかけて丁寧に舌先でなぞられ、腰裏がぞくぞくする。そのたびに内部が締まるのか、ユアンの重いため息を肌の深いところで感じた。

身体の真ん中をじわじわと埋め尽くす太竿がすこし動くだけでも襞が疼く。いまにもこの感覚がすべて快楽にすり替わりそうだ。

ただ身体を重ねるだけじゃない。快感を与え合うために、肌の隅々まで触れているのだ。

ただずっとそうしているのもつらいらしい。頰に落ちる髪を背後からそっとかき上げてくれたユアンが、「動いても大丈夫か」と囁いてきたので、なにもわからずに必死に頷いた。

未熟な反応になるのも仕方がない。だって、身体のなかはユアンでいっぱいだ。

ユアンが腰を引いただけで、「――あ」とせつなげな声が奥からあふれ出す。

肉襞をゆったりとこそげ落とすような動きに古びた敷布をぎゅっと握り締め、身体の奥でどんどんふくれ上がる熱をどうにか散らそうとするのだが、うまくできない。そこをユアンに突かれるたびに声が艶めいていき、自分でも恥ずかしくなる。

「おまえのなかは狭すぎる。俺をおかしくするつもりか」

「そんな――……っわけ、ない……っ」

弾みをつけて貫いてくるユアンの広い胸板が背中に当たる。跳ねる鼓動がレイにもそっくりそのまま伝わってきて、言葉にできないほどのいとおしさがこみ上げてきた。

――感じてくれてる。僕を必要としてくれてる。

血の繋がる者による温かい抱擁は何度も体験してきたが、まったくの他人から熱く抱き締められたのはこれがはじめてだ。しだいに動きを大きくしていくユアンに腰骨をぎっちりと摑まれているのが、嬉しい。

「レイ……好きだ。……好きだ。もっとほしい。離したくない」

ずくずくと太竿で突いてくるユアンの掠れた声に、頭がのぼせる。それは自分だって同じだ。この快感は身体の奥深くまで、こころまで食い込む。

きっと、忘れられない夜になる。

肩越しに振り返ると、間近でユアンと視線が絡み合う。

もっと熱に浮かされた目をしているのかと思ったが、ひどくやるせなさそうだ。

どうしましたか、と訊ねる前にユアンが一度身体を離して、レイをあおむけにすると、今度は正面から深々と貫いてくる。

「ユ、アン……？」

さっきよりも圧迫感が強くなるが、ユアンの顔が見えるとやはり安心する。しっかりした首に両手を回してしがみつき、結びつきを深めた。

「レイ、俺のレイ」

顔じゅうにくちづけてくるユアンが、だんだんと激しく腰を遣い出す。その頃には窮屈な感覚も消え失せて、蜜のように蕩けたそこで彼を喰い締めることに夢中になった。締めつければ締めつけるほど、内側を抉《えぐ》る太竿が存在感を増す。

もう絶対に、ほかの誰ともこんなことはできない。

「……っおく、あ、っ、あ、奥まで、くる……っそれ、いい……」

「こんなにしたらおまえがつらいかもしれないのに、止められない」

せっぱつまった声に煽られて、広い背中に爪を立てた。

「気持ちいい、か」

「んっ、んぅ、っいい、あ、ぁ、ッ」

ぎりぎりと強く引っかいたら、きっと痛がる。『離せ』と言ってくれればいいのに。そうしたら、彼から離れられるのに。

だけど、ユアンはくちびるをぶつけてきて、きつく舌を搦《から》め捕ってくる。甘く、強く。緩急をつけて吸われながら突き上げられて、しゃくり上げながらユアンを見つめた。身体の芯が熱くてどうしようもなかった。

「もう、だめ、いっちゃ、う、いかせて、いきたい」

「俺もおまえのなかでいきたい」

「ん、んっ、おねがい……！」

とぎれとぎれの叫びに、ユアンは怖いほどの真剣な顔で抱きすくめてきた。どこもかしこもぴったりと重なり、肌が燃え上がるようだ。

「あ、あっ、いく……！」

汗で湿る内腿でユアンの逞しい腰をすりっと撫で上げた瞬間、苦しいほどに昂っていた肉芯からどっと白濁が飛び出した。触られてもいないのに射精してしまうことに、涙が滲むほど恥ずかしい。それを見越したのだろう。ユアンが狙いを定めて突き込んできた。ひと突きひと突きが重く、激しい。

「んっ——んん、あ、あ——…………っ……！」

達し続けているのに、ずくずくと穿ってくる硬い雄がもたらす狂おしい快感に手放しで泣きじゃくってしまう。すこし遅れて、ユアンも最奥めがけて強く撃ち込んできた。どくどくっと放たれるたびに彼のものになっていく気がして、どうにかなりそうなほどにしあわせだ。

汗ばんだ肌を擦り合わせ、足の先まで触れてくるユアンはすこしも視線を外さず、乱れるレイのすべてをほしがる。

「……離さないでください」

「それは俺の言葉だ」

誠実な声音が嬉しかった。なにがあってもユアンはそばにいてくれる。

だけど、なぜだろう。

いま感じている熱が、一瞬のうちにたやすく消え失せてしまう気がする。昇り詰めても満足できていないということなのだろうか。浅ましいおのれをなじりながらふと目を上げると、ユアンと視線がぶつかる。

そのまなざしはどこかぼんやりしていた。

輪郭が強いユアンがどこかへと消えてしまいそうな錯覚に襲われ、まばたきを繰り返した。

もし彼がまだ満足していないのならば、骨までむさぼってほしい。壊れてもいいから抱き尽くしてほしい。

途切れ途切れの声でそう呟くと、ユアンが人差し指でゆっくりと頬を撫でてくれた。

「おまえを愛してる」

「……ユアン」

ありったけの想いを言葉に変えてくれたユアンに涙があふれ、つうっとこめかみを伝い落ちていく。

——僕も。

——僕のほうこそ。

——僕だってあなたを誰よりも愛してる。

そう伝えようとしても、きつくくちづけられて叶わなかった。

快感は、らせんを描くように身体の底へと落ちていく。

第九章

ふと目が覚めたのは、隣にあったはずの温もりが消えていたからだ。

手を伸ばしてぱたぱたとかたわらを探り、ぱっと身体を起こした。

「ユアン……」

寝ぼけ眼《まなこ》を拳で擦り、薄暗い室内を見回した。かまどの火はちいさくともっているが、ひとの気配が消えている。

「……どこ行ったんだろ」

外の空気を吸いに行ったのかもしれない。よろけながら扉を開くと、昇りはじめる太陽によってすみれ色に染まる美しい空が視界いっぱいに広がっていた。空の上のほうにはまだ星が散らばり、つかの間目を奪われる。

この世界に来て、ユアンとともにさまざまな場所で見た星がいまはなぜか寂しく感じられる。こんなにも空を煌めかせているが、隣り合う星と星の距離がとても離れていることをレイは知っている。

そばにはジルが大きな身体を横たえ、前脚に顔を乗せて眠っていた。

ついさっき、ユアンと抱き合ったばかりで身体のそこかしこに彼の感触が残っていた。なのに、あたりを見回してもユアンの姿はない。このあたりには目立った岩や大木があるわけではないから、身を隠すような場所はない。

しだいに強くなる朝日のなか、懸命に捜した。

――まさか、まさか。

恐ろしい想像に身を震わせ、ジルに駆け寄って大きな身体を揺すった。

「起きて。ねえジル、ユアンがいないんだ」

「……ユアンがいない……？」

むにゃむにゃと呟きながらもジルはなんとか目を覚まして長い首を伸ばし、「ほんとだ……」と身体を起こす。

「どこに行ったんだろう。彼の匂いをたどれる？」

「嗅いでるんだけど、薄い。ここを出てったのかな……部屋になにか残ってない？」

「見てみる」

ユアンと眠っていたベッドの端をもう一度よく探した。すると、さっきは慌てていて気づかなかったが敷布の下に、一枚の便せんが挟み込まれていた。

おそるおそる手に取って開いてみれば、金色の蔦から鳥が羽ばたくさまを描いた優美な紋章が便せんの下部に捺《お》されている。

蔦と鳥。エルハラード王国の紋章だ。
紙片には流麗な文字が並んでいる。祖母のノートにも連なる、レシピを紹介する文字と同じだ。やはりこれがこちらの言語なのだと深く理解するよりも気が急《せ》いて、とにかく先を読むことにした。

——レイへ。
なにも言わずにいなくなってすまない。俺は急ぎ、城に戻る。ローレンはオルガを城へと連れていったのだと思う。このままではオルガは兄上を操ろうとするゼニアによって一生幽閉されてしまうだろう。そうなれば兄上もいままで以上に不自由を強いられる。さらに毒を盛られるか、もっと手ひどい目に遭わされるか。俺はゼニアの悪事を暴いて兄上をお助けし、王家の者として生まれてきた使命を果たす。ローレンがオルガを連れ去ったことは複数の人間が目撃しているから、いざとなれば彼らに証言してもらうこともできる。おまえを連れていきたいが、万が一、ゼニアの手に落ちたら悔やんでも悔やみきれない。

文字の最後のほうはすこし掠れていた。ユアンの揺れるこころをそっくりそのまま表しているようだった。

——俺を信じて、ここに隠れていてくれ。おまえだけは危険な目に遭わせたくない。数日のうちにすべてを片付けて、かならず迎えに来るから信じて待っていてほしい。レイは俺の命だ。

穴が開くほど便せんを見つめた。

——命なら、連れていってほしかった。

そんなふうに悲しむこともできるけれど、レイは便せんを丁寧に折り畳み、ポケットにしまう。

信じている。ユアンはなにがあっても、戻ってくる。

そのことを疑うつもりはみじんもない。

だが、この世界に来た直後ならいざ知らず、ユアンに深い想いを宿しているいま、ただおとなしく待っていることなんてできない。

ユアンを支えたい。盾のひとつにでもなれるなら。

こんな自分でも、やれることはあるはずだ。

「ジル、僕たちも行こう」

荷物をまとめて外に出ると、ジルが驚く。

「ユアンの行く先がわかったの？」

「王都だ」

凜《りん》とした声にジルは目を丸くするが、すぐに頷く。

「私に乗って。王都まで飛ぶ」

「お願い」

そのときの自分の声が、すこしだけユアンに似ていたなとレイは口元をゆるめた。

第十章

「すごい。こんなに賑やかだとは思わなかった」

「どこもかしこも綺麗ねえ。まっしろな家ばかり」

見渡すかぎり白一色で染め上げられた王都は、目を瞠る美しさだ。

明け方に荒涼とした村を離れ、あちこち迷いながらもジルに飛び続けてもらってようやく昼過ぎにたどり着いたエルハラード王国の中心地は城塞都市で、これまで訪れた場所のどこよりも豊かに見えた。

王都の真ん中に大きく盛り上がる城に近づきたくても、頑丈な門に阻まれた。通行証も持っていないレイはむげに追い払われかけたが、巨軀を誇るジルが頭を低くして門番たちをじろりとねめつけ、「王家の方々にお目通り願いたい」とちいさな炎を吐いたことで、なんとか通してもらえた。伝説のドラゴンがまさか現実に存在するとは誰も思っていなかったのだろう。怖じける門番に内心謝りながら足を踏み入れたものの、さてどこから攻めればよいのかと悩んだ。

ユアンの足なら、たぶんもう到着し、入城しているはずだ。しかし、よく考えれば彼はいま、難しい立場にある。正面から堂々と入っていったらゼニアに見つかる恐れがある。ならば、人目につかない場所から忍んでいった可能性も捨てられない。

「どこから入ろうか……」

城に入るには、さらに堅固な門を突破しなければいけなかった。ここで生まれ育ったユアンにさえ難しかっただろうから、よそ者のレイにはなおさらだ。もう一度ジルの力を借りようかと考えたが、そう簡単に危険にさらすのもためらわれた。

「夜遅くなら、警護が手薄になったりしないかな。暗がりならジルもそう目立たないかもしれないし」

「どうだろ。とりあえずどこかで時間を潰してみようか」

のしのしと歩くジルとともに城下町に出てみると、想像していたよりもずっと繁華している。旅人が多く、ジルに負けず劣らず巨大で、ひとの言葉を操る獣も自由に歩いていた。

食堂と宿屋を兼ねた店を見つけて、まずは腹ごしらえをすることにした。

大きなジルは外で過ごすことにし、レイは店のなかで久しぶりに味のしないスープを食べたあと、ユアンが書いた手紙を取り出す。

——もう城に入っただろうか。無事なんだろうか。

離れてから半日くらいしか経っていないのに、寂しくて、不安で仕方ない。

綺麗な筆跡に見入っていると、「おや？」と不思議そうな声が聞こえてきた。かたわらに、初老の男性が立っている。

「その便せんは、王家のものじゃないか？」

「ご存知ですか？」

べつだん、不思議なことではない。城下町のあちこちに、この紋章が織り込まれた旗が掲げられていた。だが、男性は驚いている。

「金色の箔《はく》で紋章が捺された便せんは、王家のなかでも特別な方々だけが使えるものなんだ。俺は昔、仕事のできばえを王家の方々がお認めくださる祝賀会に招《よ》ばれたことがあってさ。招待状にこの紋章が捺されていたんだよ。ありゃ嬉しかったなあ。いまでも家に飾ってるよ」

「へえ、素敵ですね。なんのお仕事ですか」

「靴屋だよ。あんた、知ってるかな？　レニエ様とギルフォード様を。ご兄弟の幼い頃の靴を、俺は作ったことがあるんだぜ」

「王子たちの……」

突然耳にしたユアンのほんとうの名に胸が躍り出す。

「おふたりともたいそうおかわいかった。最近はお忙しいのか、お姿を見かけないが」

第一王子は宰相に毒を盛られて床から離れられず、第二王子はそんな兄に説得されて城を出た。しかし、それだけでは終わらず、宰相はふがいないジュリアス王を追い払い、国の実権を握ろうとしている。

――この男性に一部始終を話せればどんなにいいか。店じゅうのひとの協力を得て、城に攻め込めればどんなにいいか。

だが、そう簡単に民を動かせないだろう。レイはこの世界では無名の人間だ。

「お城に、……誰にも見つからずに城のなかに入るなら、どんな手段があると思いますか？　どうしてもお会いしたい方がいます」

「王家の方か？」

「……はい」

うまい言葉が見つからない。物騒な内容の相談に困惑されるか失笑されるかと気を揉んだが、男性は腕組みして真面目な顔をする。

「そうだな……昼間は警備が強固だから無理だろう。だが、城の裏に回ると人目につかない場所にちいさな扉があるんだ。城内に食料を届ける町の商人だけが使う出入り口で、護衛も手薄だ。深夜はほぼ無人状態になる。そこを使えば、可能性はある」

「ほんとうに？」

「ああ。ただ、表にいるドラゴンはちょっと離れててもらったほうがいいかもな。あの子はあんたの連れだろう？　頼もしいが、かなり目立つ」

親切に教えてくれる男性を見つめ、「あの」と声を絞り出す。

「見ず知らずの僕に、どうしてそんな大切なこと教えてくださるんですか」

自分から聞いたくせに心配になる。騙《だま》されていないかと案じてしまう。

　すると、男性はいたずらっぽく片目をつむった。

「ドラゴンを旅の道連れにできるなんて、あんた、すごい人物なんだな。長いこと生きてきたが、おとぎ話にしか現れない生き物だと思っていた。まさかこの日で見られるとは……ドラゴンは世界を焼き尽くすことができるが、その力を味方にできる者は、いずれこの世界を救うと本に書かれている。あんたがきっとそうなんだろう。だったら、俺にできることはするよ」

　その言葉に、いつかのユアンを思い出した。

『――この世界には、ときおり、べつの世界から迷い込んでくる者がいると聞いたことがある。荒れる世界を救う使命を背負っているとまことしやかに伝えられているが……おまえがそうなのか？』

　出会ったとき、そんなふうに言われてとんでもないと驚いたのだが、いまならそうかもしれないと思える。勇者なんて柄ではないが、自分にもここで果たす使命がある。

「……ありがとうございます……！」

　こころからの礼とともに頭を下げた。「いやいや」と男性は照れくさそうに頬を指でかき、「ものは相談なんだが」と小声で囁いてくる。

「ドラゴンの爪をもらえないか……？　家宝にしたい」

「もらえると思います」

　破顔一笑し、レイは頷いた。

第十一章

闇にまぎれて、城の裏扉に近づいた。

だだっ広い城内のどこにユアンがいるのか。なにもわからず、助けもない状態で捜したら、きっと途中で迷い、警備に見つかってしまうだろう。

しかし、ジルがいる。

男性の忠告に従ってどこかに隠れていてほしいと頼んだのだが、ジルは頷かず、『絶対に行く』と言って聞かなかった。

『危険だよ。頼むから身を隠して。ユアンを連れて帰るから』

『いやだよ。力になるから。私、絶対役に立つ』

しばらく言い合いになったが、最後は、『置いてかないで』という言葉に折れた。

ユアンに出会った頃の自分を思い出したからだ。

なにもわからない場所に放り出されるのが怖かった。せっかく出会えたのに、置いていかないでほしかった。役に立ちたかった。

それは、ジルも同じだ。生まれたときからともに過ごしているのだ。

『一緒に行こう。ユアンを見つけよう』

大きく頷くジルを連れてレイは夜を待ち、裏扉を開いた。あいにく、ジルは入ることができなかったが、嗅覚の鋭いドラゴンはさらに奥に回り、大型の戦車が出入りできる扉を見つけた。事実上の鎖国になる前には、外つ国と戦うこともあったに違いない。馬に引かせ、弓で敵を倒す仕掛けが施された戦車がいっぺんに何台も出られるように、扉も大きく造られていた。おかげでジルも、すこしだけ身体を丸めることでなんとか扉をくぐり抜けることができた。

「レイ、こっちこっち。地下からユアンの匂いがする。ユアンも身をひそめて、夜中に動こうって算段じゃないかな」

ユアンの力になりたいと思うのは不遜《ふそん》だとわかっているが、なにも知らなかった顔で待っているなんてことはどうしてもできない。

石造りの壁を探りながら地下へと続く階段を見つけて、ゆっくりと下りていく。行く先は光の量がすくなく、薄暗い。ひんやりとした空気のなかにかび臭さも混じっていた。

城の地下は思ったよりも広い。階段を下っても下ってもまだ先がありそうな気がしたので、ひとまず地下一階と二階をざっと見て回り、それらしき気配が感じられなかったので、三階まで下りた。

今度は夜目の利くジルに先に立ってもらった。

城の地下と言ったら牢《ろう》や宝物庫がずらりと並ぶものだろうかと考えていたが、ここは違う。呻き声が聞こえてくるわけではなく、近寄るのが怖くなるほどの黄金が煌めいているのでもなかった。

「いる。この階にユアンがきっといる」

確信を込めてそう言ったジルとともに、あたりを見て回った。部屋の扉が等間隔で並んでいる。用心しながらひとつひとつ確かめていったが、誰もいない。足音が石壁に反響するのも恐ろしいが、ここで引き返したところでなにも摑めないから、息を深く吸い込んで奥へと向かう。

「――ここ」

たったいま、ジルが通り過ぎようとした扉の取っ手を撫で、レイは真顔になった。

「なんとなくだけど……この扉の向こう側が暖かい気がする」

「うそ、やだ。私、暖かいのが苦手だからよくわからなかった。目と鼻はいいのに」

「たまには僕にも格好いい役をさせてよ」

その身体から炎を生むドラゴンとは思えない言葉にふと笑い、いくらか緊張が解けたところで思いきって扉を肩で押してみた。

重くて古びた扉は、錆びついているだろうと思ったのだが、あっさりと開く。

「誰だ」

「――ユアン!」

鋭い声に怖じけることもなく、レイは駆け出していた。そして、部屋の真ん中で驚き、立ち尽くす男性に飛びついた。

「捜したんですよ！　あなたを捜したんですよ」

「レイ……！」

マスクをつけたユアンは呆然としていた。たった一日しか離れていないけれど、彼の顔を見ただけで胸がこんなにも苦しい。

ほんとうだったら、「ギルフォード様」と呼ばなければいけないのだろうが、そんなことは頭から抜け落ちていた。

咎《とが》めるひとは誰もいない。いま、ここにいるのは、ユアンとジルと自分だけだ。

「どうしてここに」

「追ってきたんですよ。あなたの力になりたくてジルと一緒に追いかけてきました」

息もつけないレイの背後から、ジルが室内をのぞき込んでくる。

「よかったあ、ここにいたんだ」

「ジル……レイ……」

しがみつくレイの髪にゆっくりと触れるユアンは、まだこの事態を呑み込めていないようだ。声が掠れ、繰り返し深呼吸している。

「おまえたちを危ない目に遭わせたくない。これは俺の問題だ。兄上とオルガを救い出して、ゼニアの悪事を暴く。こんな争いにおまえたちを巻き込むわけにはいかないんだ。頼むから、安全な場所にいてくれ。かならず迎えに行く」

冷え冷えとし、たいした灯りもない部屋でひとり好機を狙っているユアンの孤独を思うと、どうしようもなく胸が引き絞られる。

「置いていかないで、ユアン。どんな危険でもあなたとジルと一緒に乗り越えたい。僕、まだあなたに食べてもらいたい料理がたくさんあるんですよ。お願いだから、僕を使ってください」

ユアンはしばしぼんやりしていたが、すこしずつ耳を赤らめ、やがて片手で顔をおおってうつむいた。

「……おまえはどれだけ……俺を……」

「まだレニエ殿下には会ってないんですよね。だったら城のどこかで僕が騒ぎを起こして警備の目を引きつけますから、そのあいだにあなたがレニエ様のところに向かうとか」

「レイ」

「ジルにもすこしだけ手伝ってもらいましょうか。安全な場所で火を放ってもらって、騒ぎに乗じてレニエ様に近づくとか……それだとジルが捕まってしまうか。捕まるのは僕だけでいい。すこしでもいいから役に立たせてください。ユアンは以前言ってましたよね。この世界で生きる意味がほしいって。僕もそれがほしい。ユアンとここで生きていきたい。一緒にいたい。そのためにすべきことをやらせてください。――お願いします」

深く頭を下げる直前、ぐっと肩を掴まれた。痛いくらいに食い込む指にちいさく声を上げたとき、うつむいたユアンがこつんと頭をぶつけてきた。

「どれだけ俺を惑わせるんだ、おまえは。……ほんとうに俺は格好悪い。なにひとついいところを見せられない。無様だ」

「そんなことない。ユアンには格好いいところしかない」

断言する声が大きかったからかもしれない。扉の外からじっと様子を見守っていたジルがぷっと噴き出す。

ユアンも仕方なさそうに口元をゆるめている。

「ほんとうに……格好よすぎるから追いかけてきたんですよ。それに僕もレニエ様とオルガが心配です。一緒に助けましょう」

今度こそ離すまいとユアンの腕にしがみついた。

「おまえを危ない目に遭わせたら、夢のなかでおばあさまになんと言われるか……」

「僕の好きなひとだと紹介させてください」

言い募ると、前髪をやさしくかき上げてくれながらユアンが微笑む。

「では、俺も夢のなかで母におまえを自慢させてくれ。ともに、すべてを終わらせたあとに」

「――はい！」

ぐずぐずはしていられない。ともかくオルガを捜そうとユアンと話し合い、部屋を出たところでジルが鼻を蠢かした。

「これ、なに？　……焦げた臭いがする」

「どこだ？」

「ここからずっと下」

身体を折り曲げてさらに下の階層へもぐり込んでいく。

地下へといざなう階段はどこまでも続く。下りていくたびにあたりが広くなっていくことが不思議で、背後を守ってくれるユアンに訊ねてみた。

「昔は外つ国から攻め込まれることも多かったんだ。民を安全な地下に隠すために、深い場所へと階層を広げたと王家に伝わる書物で読んだことがある」

「なるほど……」

身体を包み込むような闇に恐れを抱いていたが、ユアンの言葉に顔を上げた。

ここは、すべての希望を砕く場所ではない。守る場所でもあるのだ。

「……最下層、着いたみたい」

ジルの声が吸い込まれてしまいそうなほど深くて広い階にたどり着いた。

「見て、あれ」

先頭に立つジルが首を伸ばす。壁に取りつけられた燭台《しょくだい》でろうそくが、頼りなく燃えていた。

陽が射す場所からずっと奥へと追いやられた地下深く、ジルが鼻を利かせた先に、一枚の錆びた鉄の扉があった。

「ここに誰かいる」

ユアンと顔を見合わせ、ひとつ頷いた。見張りがいないかわりに頑丈な錠前がぶら下がっていたが、ジルが重い前脚を振り下ろすとたった一撃で壊れた。

軋《きし》んだ音を響かせて扉を開いた先で、女性がひとり、隅にうずくまっていた。

「あなたたちは……」

「オルガか？　俺たちがわかるか。二度、おまえとすれ違ったことがある」

「村の道具屋と、洞窟で。大丈夫ですか。話せますか？」

弱々しいろうそくの灯りが、華奢な女性の輪郭を照らし出す。

赤ん坊のように手足を縮めている女性に不用意に近づくことはできず、怖がらせないように名乗り、身元を明かした。

「あなたを助けに来ました。アリアラの宿のご主人と、レニエ王子様があなたを捜しています。怪我はしてませんか」

「だいじょうぶ、です……ほんとうに……ほんとうに助けに来てくださったんですか？」

「そうだ。安心してくれ。俺たちはおまえを救い出す」

ユアンの力強い声に、オルガは床を這ってくる。彼女の足首に太い縄が巻きついているのを見て取るなり、ユアンが腰に差した剣を抜き、オルガを怯えさせる間もなく断ち斬った。

すかさずレイが駆け寄って手を差し出すと、彼女はふらつきながらも身体を起こす。その顔はやさしく繊細で、青ざめていた。

「ありがとうございます。……レニエ様にひと目会わせてくださるという男性の言葉を信じて、町を出てしまいました。途中で怪しいと思ったのですが、その頃にはもう引き返せなくて……」

苦しそうにオルガはぽつりぽつりと言葉を継いでいく。長かったはずの髪は短く、青ざめた顔の彼女が気の毒で、そっと背中をさすった。

「レニエ様とのことは誰にも喋っていなかったので、そのことを知っていたあのローレンという男をつい信用してしまい――ですが、お城に着いた途端、自由を奪われてここに閉じ込められました」

「ローレンはどんな言葉でおまえを連れ出したのだ」

「レニエ様の命が危ないと。このままではあと一週間も保たないと言われました。その前にどうしてもふたりで過ごしたいとおっしゃったとも……私、おそばにいたくて。許されないことだとはわかっておりましたが、どうしても」

なめらかな頬をほろりと涙が伝い落ちていく。ここに来るまでに、相当無理をしたのだろう。レイが支える肩は薄く、ほっそりしている。

「レニエ様は、生きていらっしゃいますか？　まだ間に合いますか」

「案ずるな。確かに病床にはいるが、危ぶむほどではない。俺も外からやってきたが、城に着いてすぐに兄上の様子をこっそり確かめた。おまえが無事だとわかれば兄上も元気になる」

「怖かったでしょう。もう大丈夫。僕たちがついてます」

「よかった……！　勝手なまねをしてすみません。両親に嘘をついて抜け出して、あなたたちにまでご迷惑をおかけしてしまって」

オルガはまばたきを繰り返し、レイの腕をぎゅっと摑んでくる。彼女がレニエをどれだけ案じているか、考えるだけで胸が詰まる。

「兄上にはかならず会わせる。ここは寒い。上に出て新鮮な空気を吸おう。レイ、支えてやれるか」

「任せてください。オルガ、僕に摑まって」

「じゃ、私が先頭を歩くからついてきて。ゆっくりね」

巨軀を揺らすジルを見てオルガは声も出ないほど驚いたが、「味方です」とレイが言うと、覚悟を決めたようにこくこくと頷いた。

先頭はジル。そしてオルガとレイ。しんがりをユアンが務め、上階を目指す。オルガは途中何度かつまずいたものの、思った以上にその足取りはしっかりしている。レニエに会いたい一心からだろう。その願いをどうしても叶えたい。たとえ遠い故郷を離れることになっても、こころに決めたひとに会いたい。彼女の想いは、レイにもよくわかる。

息を切らすオルガを支えて階段を上り続け、やっとのことで裏口を抜ければ、ぼうっとやわらかな月明かりが射す庭に出た。

「外だ！」

「出られた……」

喜ぶジルの背後で、オルガは拳を胸の前で握り締め、白く輝く月が浮かぶ夜空を見上げていた。

「綺麗ですね……」

そう呟いた直後に顔を引き締めた。

「このお城のどこかにレニエ様がいらっしゃるのですね」

「ああ。南の塔でおやすみになっている。急ごう」

暗い庭の端をたどりはじめてすぐ、先頭を歩くジルが立ち止まった。大きな身体にどんっとぶつかったレイが、「どうしたの」と顔を上げると、隣でちいさな悲鳴が上がった。

「レニエ、様！」

「……兄上だと？」

驚くユアンが前に出るよりも先に、オルガが駆け出した。やわらかな草に足を取られて二度ほど転んだが、視線の先で待つ黒い影に向かって必死に駆けていく。その人物も、両手を広げてオルガに走り寄り、ふたりはあぶなっかしいバランスで抱き締め合った。

「レニエ様、お会いしたかった……！」

「ここまで来るなんて、きみも無茶をする……以前の金髪も素敵だったが、この黒くて短い髪が似合うのは世界でただひとり、きみだけだ、オルガ」

涙が入り混じる声に慌てて近づく。ほのかな光で照らされるふたりの顔に、ユアンが息を呑んだ。

「兄上！」

掠れた声に、オルガを抱き締める背の高いガウン姿の男性が、ようやくユアンの兄のレニエだとレイにもわかった。黒髪と漆黒の瞳が印象的なユアンとは対照的に、豊かな栗色の髪と榛色《はしばみいろ》の瞳は情に篤そうだ。

つらい身体を押して必死にベッドを抜け出してきたのは、虫の知らせでもあったからなのだろうか。レニエはオルガをしっかりと抱き締めたまま、ユアンに泣き笑いのような顔を向けてきた。

「無事だったか、ギルフォード……。彼女を連れて国を出ろと言ったのに……」

「兄上をお助けしたく、戻ってまいりました。俺だけおめおめと逃げることできません。兄上こそ、無理なさらないでください。そんな格好で出てくるなんてお身体に障りますよ。完璧な解毒薬がまだ見つかっていないのに」

「平気だ。私とて、ただベッドに横たわっているわけにはいかない。……父上も母上も、いまは頼れない。おまえだけに重い荷を背負わせるのはあまりに勝手すぎた。許してくれ、ギルフォード。私も外に出て、シイカとおまえを救いたかったんだ」

「レニエ様、私のほんとうの名前は――シイカではなくて……」

「ああ、オルガというのだろう。私の立場を気遣って偽名を使ってくれたんだな。ギルフォードに手紙を出したのと入れ違いに、やっと私もきみのほんとうの名を知った。鈍い王子ですまない」

吐息混じりに呟くレニエは胸にすがりつくオルガの髪をいとおしげに何度も撫で、やっと人心地ついたのだろう。ふと気づいたようにジルに目を留め、「ドラゴン、か」と目を丸くする。

「ほんとうにドラゴンなのか。伝説の生き物だとばかり思っていた……」

「驚いた？　レイとユアンにここまで連れてきてもらったの」

ジルにうながされ、レイは緊張しながら頭を下げた。

「お初にお目にかかります。レイと申します。ユアン……いえ、ギルフォード様に勝手についてきてしまいました。お邪魔ならすぐに立ち去ります」

「そうかしこまるな。ユアンと誰かが呼ぶのも懐かしい。その名は幼名で、親しい者だけが口にしていた。であれば弟はレイにこころを許しているんだろうな。どんな出会いか詳しく――」

レニエの柔和な声に応えようとした矢先、はっとした様子でジルが巨軀を揺らして皆の前に立ちふさがった。

「――隠れて！」

「どうした、ジル」

「私の陰にいて。……危ない、レイ！」

それまでずっと、明るさと強さを感じさせていたジルが低い唸り声を上げ、大気を揺らすほどの咆《ほう》哮《こう》を放つ。全身がびりびりするほどの雄叫びにユアンもレイもびくりと顔を引きつらせ、ジルを見上げた。

緑の巨体、鋭い鉤爪が月明かりでまがまがしく光る。地面を踏み締める足音は耳にしたことのない重量感だ。ジルが一歩前に出るたび、腹の底が揺れる。

圧倒的な存在感は、まさしく伝説の生き物だけが持ちうるものだ。

「ジル……」

ユアンも言葉が続かないらしい。突如、獣としての本性を剝き出しにする仲間の姿に瞠目《どうもく》しているが、後ずさらないところはさすが名うての剣豪だ。その声も、ジルを案じている。

「俺もいる」

すらりと剣を抜いたユアンがジルの隣に立ったときだ。闇に向かって身体を丸めたジルが口を大きく開き、ごうっと赤い炎を吐いた。

「待って、ジル！」

必死に止めようとしても、ジルはドラゴン本来の力を見せつけるように深紅の塊を次々に吐き出す。ぎらりと光る目も、爪も、まさしく世界を統べる王そのものだ。

レイも小型の剣を手に飛び出そうとしたが、ひゅっと夜を切り裂いて飛んでくる銀色の矢におののいた。鋭い矢はあっという間に雨あられのように降り注いでくる。

突然のことに足がすくむが、無防備なレニエたちを守って逃げなければ。

「レイ！」

脇から伸びてきた腕にきつく肩を抱き寄せられ、地面に引き倒された。ぱっと横を見れば、顔を引き締めたユアンと目が合う。

「立つな。狙われる」

「もしかして、ゼニアですか？」

「きっとそうだ。私が部屋を抜け出したことに気づいたんだろう」

オルガの肩を抱いて地面に伏すレニエの声が凍りついている。

「オルガがいなくなったことも知ったんだろう」

「なぜ、レニエ様まで狙うんですか」

「レイたちを、城に侵入した凶賊にでも仕立て上げて、騒ぎに乗じて私もまとめて始末したいんだろう。私がへたに生き残ったら、ゼニアにとっては都合が悪い。こっちは彼の悪事のすべてを明るみに引きずり出すつもりだから」

操ろうとしていた兄弟がそろって反旗をひるがえしたのだから、ゼニアはいきり立っているのだろう。あろうことか一国の王子ふたりに矢を放つなど、国家を揺るがす大逆だということくらいレイにもわかる。

ジルが身体を張って守ってくれているが、大切な仲間だ。絶対に盾として使うわけにはいかない。

「おまえも伏せろジル！　でないと怪我をする！」

降り注ぐ矢は細く、きらきらと輝くジルのうろこを貫通することはないだろうとは思うが、夜陰にまぎれる敵の数が読めないかぎり、安心はできない。

全員で安全な場所へと逃げようとしたが、本能に火がついたのか、ジルは次の攻撃のために深く息を吸い込んで胸をふくらませている。

またも炎があたりを照らす。と同時に、ジルの身体が一瞬ぐらりと傾いだ。慌てて見上げると、左の胸あたりに矢が集中して刺さっていた。

「──魔討ちの矢……」

「それは？」

眉をひそめるユアンやレイに、「魔獣を倒せる唯一の矢だ」とレニエが急いた口調で言う。

「我がエルハラード王国に伝わる聖具のひとつだ。昔、父上に見せてもらったことがある。あの矢を食らったら、ドラゴンも無傷ではいられない。いますぐ避難させないと」

「──ジル！　お願いだから逃げよう。僕たちのことはなんとかする、一緒に逃げよう！」

「おまえが盾になることはない！」

ユアンとともに声を張り上げると、鋭いジルの視線が飛んできた。さらに矢が放たれてジルの胸を射貫き、悲痛な叫びが世界を揺るがした。

それがジルの声だとわかると、なにもかも振り切ってユアンが駆け出し、剣を振り上げた。ただむやみに剣を向けたのではない。闇のなかでがつっと鈍い音が響き、続いてなにかが地面に倒れた。敵の先兵だ。それが引き金になったように、どっと繰り出してきた無数の影に、ユアンは一歩も退くことなく、水平に構えた剣でなぎ払う。

月光がユアンを照らし出す。ひるがえるマントの裾、上空から美しく弧を描く剣の軌跡がまぶたの裏に焼き付くようだった。

完膚なきまでに鮮やかな剣士の一刀に、影たちが怯え、後ずさるのが伝わってきた。声ひとつ出さずに影を斬り捨てる男の躍動する背中に一瞬こころを奪われたが、そんな場合じゃないと強く首を横に振った。

「ユアン！　ジル！」

またも矢で貫かれたジルが大きくのけぞり、あたり一面に炎をまきちらす。

世界の終わりかと思うほどに、視界が鮮烈な赤でおおわれた。

かつて、ユアンは言っていた。ドラゴンは七日で世界を焼き尽くすのだと。それはけっして嘘ではないだろう。火の海が夜空さえも呑み込んで深紅に染め上げ、常識を超えた光景に不安も恐怖も消し飛んだ。

炎があたりを繰り返し照らす。しかし、どこからか飛んでくる矢がさらにジルを刺し貫き、ひときわ、苦痛に満ちた絶叫が大地を揺るがす。銀色の矢は獣の理性を奪うのだろう。これまで行動をともにしてきたジルの怒号が世界を引き裂く。

その姿は、レイがよく知るジルではない。強くまぶたを閉じて、なにもかもから顔を背けられたらいっそ楽だったかもしれない。だが、できなかった。ジルの笑顔を知っているから、覚えているからできない。ただの魔獣にしたくない。

ジルに向かって、ユアンとともに飛びついた。

「やめろジル！　もういい！　おまえが危ない！」

「ジル！　……ッぁ……！」

熱気を感じた途端、火の粉が身体をちらっと舐める。慌てて手で払いのけたが、胸を焼く炎に今度こそまぶたを閉じたのと同時に、「――レイ……！」とジルの取り乱した声が聞こえてきた。

「だめ、だめ、待って！　いけない！　あなたを死なせるわけにはいかない！」

全身で唸るジルが銀色の矢を弾き飛ばし、空に向かって咆《ほ》えた。

いまだかつて一度も耳にしたことがない絶叫に、レイは一瞬惚けた。怖いはずなのに、なぜか耳をふさげない。歪んだその声は祈りにも似ている。

夜のずっと向こうまで響き渡る声は、きっと、聖なる場所に届いたのだろう。

暗く高い夜空から、白い破片がちらりと降ってきて、レイの身体をいまにもおおい尽くそうとしていた火の粉を次々に消していく。

砕けた矢かと思ったけれど、肌に当たるそれは冷たい。みるみるうちに白い欠片がいくつもいくつも降り注ぎ、炎を鎮め、呆然とする兵士たちを浮かび上がらせた。

もう誰にも矢を放つ気力がないらしく、皆、地面に膝をついている。

闇に吸い込まれそうな端のほうで立ち尽くすふたりの男の顔が、ふわりと舞い散る欠片で照らし出された。

「ゼニアとローレンだ」

レニエが指したほうに向かって、ユアンが走り出す。

諦めの悪い叫び声が遠くから聞こえてきたが、すぐに静かになった。レイとオルガはぼろぼろになった身体を横たえるジルに寄り添い、焦げた地面を白い破片が埋め尽くしていくのを見守った。

「……雪だ……」

ふわりとくちびるから白い息を吐き出し、レイは空に向かって両手を差し出す。

炎で世界を満たす魔獣は気力を振り絞り、救いの雪を降らせたのだ。

この世界に来た頃、春を迎えた森ではさまざまな色の花がすこやかに咲いていた。あれから時は流れ、いつの間にか夜空が寒さに澄み渡る季節へと移り変わった。

「……レイ……」

ジルがわずかに顔を近づけてくる。レイも両手を伸ばし、旅の友に強くしがみついた。

第十二章

「落ち着いたか、レイ」

　低い声に顔を上げると、黒髪を綺麗に撫でつけ、目の覚めるような美しい青の上衣と純白の下衣を身にまとった男性がそばに立っている。

　マスクを外し、男らしい美貌を惜しみなくあらわにする彼はいったいどこの誰だろうと不思議になるくらい別人だ。

「ユアン……いえ、ギルフォード様」

「かしこまるな。ユアンでいい」

　おかしそうに笑うユアンが隣に腰を下ろす。バルコニーに面した大きな窓の向こうに見える夕陽に見入っていたレイは耳を熱くし、そっと距離を空けた。

　優美な背もたれのソファは深い色合いで、天井が高く、隅々まで贅《ぜい》のかぎりを尽くした居室にふさわしい品だ。

　騒動から半日しか過ぎていないが、もう遠い出来事のように思える。

あの後、城じゅうの者が駆けつけることになった騒ぎのさなかにジュリアス王も姿を現し、重臣であるゼニア宰相が犯した罪を知って目を剝いた。ジルの炎を見たときにすでに敗北を感じていたらしいゼニアは、レニエとユアンが呼び寄せた兵に手向かいもせず捕らえられた。彼に買収された者たちも同様だ。

『――追って沙汰は下す』

重々しくそう告げた王はレニエからざっと事の次第を聞き、ユアンを見つめて『すまない』とひと言もらした。

家庭と国民を顧みず、好き勝手に振る舞ったジュリアス王にもなにがしかの理由があるのだろう。それが明らかになったところですぐに不和が解消されるわけではないだろうが、父王を見つめるレニエとユアンの横顔は落ち着いていた。

『すべては私が招いたこと。コリアンヌのような純粋な女性には出会ったことがなかった。互いの国の思惑で結ばれたマデリーナとは出会ったときから冷え切っていたからな。だが、彼女とのあいだにもうけたレニエ、おまえにはなんの罪もない。ギルフォードもそうだ。私がおまえたちと国の行く先にもっと真剣に向き合っていたら、ゼニアの暴走も食い止められた気がする。……いや、いまはなにを言っても言い訳にしかならないが』

レニエが床に伏し、ユアンがこの半年のあいだ姿を消していたことも薄々知りながら、誰が真の敵で、誰が真の味方なのか見きわめられず、王としての決断力に欠けていたことを悔いるジュリアス王のため息は、長く深かった。

『弱腰の王と誹られることはいい。しかし、おまえたちにとって私は父であるべきだった。誰よりも私が誠実になるべきだった。マデリーナにも詫びておく。レニエとオルガはゆっくり養生してほしい。積もる話もあるだろう。……ユアン、そしてレイ、おまえたちの旅の話も聞きたい。いつまでも城にいてくれ。私自身の今後についても、考える』

そう言い残して城内に消えていったジュリアス王にレイは深く頭を下げ、ユアンに付き添われて彼の居室へといざなわれた。

暖かな部屋に入るなり深い疲労と眠気を覚え、ベッドに倒れ込んだ。そのあいだ、ユアンは後始末に奔走していたようだが、ひと段落したのだろう。見慣れたマントとマスクを取り払い、凜々《りり》しい装いの光り輝く王子としてレイの元へと戻ってきた。

「ジルも寝たようだ。さっき大広間をのぞいたら寝息が聞こえてきた」

ユアンの言葉にほっとし、レイはすこしだけ彼のほうに身体を傾ける。

全身で銀の矢を受け止め、一時はどうなることかと危ぶんだジルだが、魔討ちの矢の傷を癒やすという魔法薬をジュリアス王が聖具のなかから見つけてきたことで生命の危機を脱し、いまは階下の大広間で休んでいる。舞踏会も開く大広間だから、ドラゴンが横になれる余裕も十分にあるのだ。

「皆、ひとまず今日は休む。詳しいことは明日からでいいと父上も言っていた」

「ゼニアとローレンはどうなりましたか？」

「地下牢だ。日をあらためて、彼らには沙汰が下される。おそらく流刑だろうな。本来なら、国王とその王子を陥れるばかりか、命の危機にさらした罪で死罪も止むをえない。しかし、ゼニアは先王の代から我が国に仕えた功もある。私が放り出した権力の座に長く就いていたせいで歪んだのならその原因を作った私にも罪がある――と父上はおっしゃった。彼らは残りの日々をここから遠く離れた場所で過ごすことになる」

「………」

言葉を紡ぐには適していない気がして、黙って彼に寄り添うと肩をやさしく引き寄せられた。

「レイが気に病むことじゃない。すべては俺たちの責任だ。……おまえも危ない目に遭わせたな。ほんとうにすまない」

「……謝らないでください。あなたも怪我しなくてよかった」

室内は十分に暖められているが、それでもまだ身体を寄せ合いたい。

やっと、すべての荷を下ろすことができそうだ。そう思ったら自然と口元がほころぶ。

「おまえの笑う顔がいちばん好きだ」

「な、なに」

前触れのない甘い言葉に、かっと頬が熱くなる。ユアンは喉奥で笑い声を立てて、レイの頭をかき抱き、てっぺんにいくつもキスしてくる。

「何度も言ったが、いまから口にする言葉が俺の真実だ。レイ、愛してる。俺とずっと一緒にいてくれ」

「ユアン……」

「二度と危険な目には遭わせない。生きているかぎり、俺はおまえを守る。おまえの盾となり、剣となる。兄上の片腕となって、父上を支えていく。エルハフード王国は外つ国と交流を深めて、民のために食の文化や多くの知識と未来を迎え入れていく。——いままで俺は愛妾の子である自分をどこかで恥じていた。家族を大事にしなかった点は俺も父王と同じだ。だから、ここからやり直したい。そのためにはレイが必要なんだ」

真摯な目で射貫かれて、心臓がごとりと音を立てる。

無意識にユアンの広い胸にすがっていた。そうでもしないと、ちゃんと座っていられない。

「おまえを愛し、おまえにひざまずく。レイだけに俺のこころを見せたい。俺のすべてを捧げたい」

「そんなの……そんなこと、言っていいんですか。僕は……どこの者とも知れないのに」

「おまえのことは俺がいちばんよく知っている。俺を受け入れてくれ、レイ。おまえなしじゃ生きていけない。美味を教えてくれたのだってレイだろう？」

身体の奥に火をつける囁きは罪だ。くらくらするのを感じながら、くちびるをかすかに開く。

「それは僕だって同じです。ユアンのために生きていきたい。これからずっと、あなたのそばでおいしい料理を作りたい。……もう絶対、離さないって約束してくれますか？」

「どこにも逃がさない」

ぞくりとするような甘美な声音に、頭の芯が痺れる。足りない酸素を求めて喘ぐと、長い指で顎を捕らえられ、間近で微笑まれた。

「おまえは俺だけのものだ」

熱情と純粋な想いが混じる声に、こくんと頷いた。

「っ……ぁ……！」

どう寝転がってもまだ余裕のある寝台で、大柄な男の厚い胸板で押し潰されそうになる。

鍛え抜かれた身体をあますことなくさらすユアンの隅々まで見惚れる隙に衣服を丁寧に剝がれ、いたるところにくちづけられた。

薪がパチパチと爆ぜる音だけが響く、暖かで安全な場所で素肌を擦り合わせる幸福感に溺れそうだ。

「……もう……」

ねっとりと乳首を舐めしゃぶられる心地好さと羞恥に声を掠れさせれば、ユアンは身体を起こし、下肢にそっと手を這わせてくる。

「気持ちいいのか？」

「……ん……」

直接的な言葉を口にする前に、ユアンが猛るそこに指を絡めて扱いてきた。ゆったりと絡まる長い指に喘ぎ、身体を擦り寄せると、猛々しい熱が腰に触れた。

「……っ……ユアン、これ……あの……」

「怖かったらやめる」

雄々しく育ったユアンの太竿に深々と貫かれた夜を思い出し、情欲に息が詰まりそうだ。

「……僕も」

囁き、手を伸ばす。一瞬驚いた様子のユアンだが、期待を込めた視線を向けてきて、レイの耳元にくちびるを近づける。

「おまえに触ってほしい」

「っ、ぁ……」

たちまち骨抜きにされそうな声にそそのかされ、おそるおそる雄に触れた。漲《みなぎ》る熱は手のなかでいまにも爆発しそうだ。

太く浮いた筋を指先でたどると、ユアンも同じことを仕掛けてくる。

「そ、こ……だめ……引っかいたら、……」

愛撫に長けたユアンに蕩けながらも懸命に奉仕するけれど、どうしたって追い詰められてしまう。

「や、や……っんぅ……」

達しそうになると指が離れていき、すこしだけ呼吸が落ち着くと、また扱かれる。双玉を指先でつつかれて弾けそうになり、全身でユアンがほしいと訴えた。なのにユアンはレイの身体を熱くするだけ熱くし、意地悪な感じで指を離す。

しまいには逞しい肢体に手足を絡みつけたレイが泣きじゃくるまで、ユアンの愛撫は止まらなかった。

「もう、おねがい、これ——以上……」

「どうしてほしい？」

「っ……ん……」

寝台の片側に設えられた小卓から細長い容器を手にし、手のひらにとろみのある液体を垂らすユアンが、卑猥《ひわい》な音を立てるそれを手のひら全体にまぶしてから、慎重にレイの両脚の奥を探ってきた。

「おまえが感じることだけしたい。レイはどうしてほしいんだ」

「そんなの、わかってるくせに……！」

「乱れるレイが見たい。かわいいところを俺だけが全部見て、焦《じ》らして、嬲《なぶ》って——こんなふうに暴きたい。奥の奥まで」

「あっ、あっ、ユアン、指、……ゆび、あ——……！」

快楽に目覚めていくレイの窄《すぼ》まりを、長い指が開いていった。狭く閉じていたそこは、ユアンの指をすこしずつ呑み込み、潤っていく。

襞がしっとりと濡れるまで液体を塗り込めていくユアンの指遣いは淫らすぎて、息が切れてしまう。

「ほしい、レイ。おまえがほしい」

「……僕、も」

せつなく疼く肉襞を指で擦られると、いやでも声が弾んだ。こんなに甘くねだる声を、いつの間に覚えたのだろう。襲いかかる羞恥から逃げ出したくて身をよじるレイをがっしりと押さえつけ、ユアンの指は深いところまで暴いてくる。

「あっ、あ、ん、ん……！」

どこまでも蕩けそうないやらしい愛撫に陶然となり、しかし指を抜かれる気配を察したレイは慌てて抱きついた。

「ユアン……っ……きもちいいこと、……したい……」

はしたない願いを口にした途端、後悔が襲ってくる。「いまのは違います」と取り消そうとするレイにユアンは微笑み、おおいかぶさってきた。

「俺も同じだ。おまえと、淫らで気持ちいいことがしたい」

「……ッ」

品のある精悍なまなざしに熱を浮かべたユアンが、真正面からずくんと貫いてきた。

「……っ……んぅ……っぁ……！」

「レイ……」

はじめてではない。だけど、慣れたわけでもない。この先何度愛されても、きっとそのたび新鮮な衝撃を味わう。

「ぅん……っん、ユアンの、おっき……い……っ」

「わかるのか」

くすりと笑う男に必死にしがみつき、レイは逞しい腰に両脚をきつく絡めて引き絞った。そうするとなかを抉る雄の硬さがよりきわだち、感じすぎて頭がおかしくなりそうだ。

「だめ、っ、あっ、あっ、……そんな、強く突いたら……っ……」

「気持ちいいな、レイ」

あやすように頭を撫でられながら突き上げられて、よがり狂った。こんなに淫蕩《いんとう》な腰遣いをする男はほかに知らない。ずんっと最奥をこじ開け、大きく張り出した先端から滲み出す熱をぐりぐりと擦り付けるユアンに声が嗄《か》れそうだ。

「や、っぁ、ぁ、いい、っいい……っおかしく、なっちゃ……っ」

「レイのなかが俺を締めつけて離さないのがわかるか？　……かわいいな、レイ……おまえをここに閉じ込めて一生愛したい。俺なしじゃ生きていけないようにしたい。この身体に快感を植え付けて、始終ほしがる身体にしたい。一日じゅうおまえを抱いて、おまえのなかに放って、突いて、突いて、突きまくって、またおまえのなかに放って、あふれるほどに濡らしたら、おまえは俺の愛に溺れてくれるか？　やわらかくて、とろけるおまえが俺は離せない。もっと抱きたい。……おまえのなかでいかせてくれ。出したいんだ。おまえのなかにたっぷり出したい」

ぐしゅぐしゅと激しく突き上げてくるユアンの艶やかな声から、逃れることはできない。男らしく貴族的な彼が、こんなにも情欲を剝き出しにするなんて思わなかったから、どこまでも乱れてしまう。きつく、狂おしい楔《くさび》をいつまでも感じていたくて、くちびるをぶつけて舌を吸い上げてくる男に全身で応えた。

「——……ッ……あぁ……っいく……っ……！」

「レイ……っ……」

強くむさぼってくるユアンの背中をぎりぎりと引っかきながら、熱が渦巻く場所へと昇り詰めた。固い腹に擦れた剝き出しの性器からどくんと白濁が飛び出すのと同時に、身体の深いところで重たい熱が弾ける。何度も何度も。

びくびくと震える太竿を食い締めるたびに、それがますます太く、硬く育っていく。

「つぁ、あぁ、っ、はっ……っぁ……っ」

「……おまえを孕《はら》ませたい」

達してもなお、欲情は引かない。最奥に放たれたおびただしい子種があふれ出し、双丘のあいだからこぼれて敷布を濡らす。

余韻に浸るユアンは、赤く尖るレイの乳首を指の腹で押し潰しながら、繰り返し繰り返し最奥をねっちりと突いてくる。

荒い息遣いをお互いに知りたくて、汗ばんだ肌を擦り合わせた。顔じゅうにくちづけられるくすぐったさが、このうえなくしあわせだ。

「……ほんとうに逃げられなくなります」

甘い声をもらすレイの鼻の頭にくちづけるユアンが、「そうだ」と深い声で囁いてくる。

「やっと捕まえたおまえを逃すはずがないだろう？」

それから、ユアンは微笑んで、もう一度ゆっくりと動き出した。

終章

季節がめぐり、再び訪れた春のなかで、レイは深く息を吸い込んだ。新鮮な花々の香りが胸を満たし、自然とくちびるに笑みが浮かぶ。

「気持ちいい……。城の近くにもこんなに素敵な草原があるんですね」

「気に入ってくれたか？　ここは幼い頃から俺の遊び場だった。隅々まで知っている」

どこまでも広がる空は薄い青で、ふんわりした白い雲がどことなくおいしそうだと言ったら、ユアンはおかしそうに肩を揺らす。

「一級料理士のおまえらしい。城の皆はレイの料理の虜だな。父上もマデリーナ王妃も、兄上もオルガも、レイの料理と聞いた途端に腹が空くようだ」

「皆さん、たくさん食べてくださって嬉しいです」

騒動のあと治療に専念したレニエは、ジュリアス王が手を尽くして呼び寄せた外つ国の魔道士のおかげで健康を取り戻し無事に公務に戻ることができた。身分の差を乗り越えて愛を貫いたレニエとオルガをジュリアス王も祝福し、長いこと不仲だった王妃といちから愛情を育てると誓い、王妃もまた、おのれの振る舞いを悔いあらため、これからは家族を、国を、民をいつくしむと告げ、生家から戻ってきた。

ユアンの言葉どおり、セニアとローレンは遠方の牢で終生を過ごすこととなり、ここに、ユアンの長旅も終わりを告げた。

「俺もここからやり直す。おまえと一緒に」

どこまでも見渡せる草原に腰を下ろすレイは隣り合うユアンを見つめ、きゅっとその指を摑んだ。

「僕もここで料理の腕を磨きます。レニエ様がお元気になっていることや、皆さんがいつも笑顔で待っていてくださることに、僕の料理が役立っているなら、ここでがんばります」

精一杯こころを込めて振る舞ったレイの料理を王はいたく喜び、一級料理士と認め、レイが求めるなら王家の厨房を自由に使っていいし国のどこにでも店を構えていいと宣言した。

「僕の生きる意味は、ここにあります」

言葉にすると、——そうだ、ここで暮らしていくんだと胸に鮮やかな光が射し込む。

いつの頃からか、祖母から授かったノートに頼りきりになることなく、レイは独自のレシピをいくつも編み出していた。材料はすべてこの世界にあるものだ。いまでは、なにをどう使えばおいしくなるかわかっている。

「グルルアの木の実を三つ、アカリアの根をすり潰したものを少々、ソンクの葉の細切を二枚。……覚えてますか？」

「もちろん。最初にレイが作ってくれた料理だ」

「久しぶりに作りましょうか」

「なら、俺も手伝おう」

「あー、私もお手伝いする！」

頷き合っているところへ、空の散歩から戻ってきたジルがばさりばさりと舞い降りて、ふたりのあいだから顔をのぞかせた。

「おなか空いちゃった。私もレイのごはん食べたい」

屈託のないドラゴンは王をはじめ、城の者たちから手厚く迎えられ、エルハラード王国の守護神としてここで過ごすことになった。伝説の魔獣と顔を合わせる者は皆、光栄の極みといった顔でうやうやしく頭を下げるが、ジルは誰が相手でも親しみを見せた。そんなところも、皆に愛されるゆえんだ。

「あの遠くから――」

三人の視線の先には、輝く地平線が広がっている。

「ん？」

振り向いたふたりに、レイは遠くを指した。

「ユアンが連れてきてくれた。この世界で目を覚ました僕を、ジルとあなたがここまで連れてきてくれたんですよ」

「ならば、ここを出発点にしてはじめよう」

この三人ならどこまでも行けそうだ。それはきっと皆、同じなのだろう。顔を見合わせ、春風にうなじをくすぐられた気分で笑い声を上げた。

緑の匂いを乗せた風が遥か彼方《かなた》から渡ってくる。言葉よりも、祈りよりも、確かなものを手にするために歩き出す。

人生という新しい旅がここから始まる。

あとがき

はじめまして、またはこんにちは、秀香穂里《しゅうかおり》です。大きなサイズのリンクスロマンスさんになってからは、はじめましてです！　今回は異世界転移手作りごはんもののラブロマンスです（長い）。

異世界ものを書くとなってから、そこになにか要素をプラスしたいと考え、ずっと前からやってみたかった「ごはんもの」を加えてみました。ごはんエッセイ、ごはん小説、ごはんコミック、ごはんドラマ、ちまたでも大人気ですよね。わたしも昔からごはんものジャンルが大好きで、おいしそうと思うとすぐに手に取ってしまいます。

グルメもの、というと結構レベルの高い料理が出てくるかと思いますが、わたしのごはんは至って普通。お読みくださった方ならおわかりのとおり、八宝菜にしょうが焼きと日常でも食べられるひと皿ばかりです。

ただ、異世界の物語なので、食材はこの世にないものを創造しました笑。人名を考えるのも手がかかりますが、おいしそうな食材の名前を生み出すのもなかなか……！　そこへいくと、いま世の中にある食べものってすべて食欲をそそりますよね。「トウモロコシ」「ジャガイモ」「インゲン」「ダイコン」……「ボルシチ」（ウクライナのスープです）、「アマトリチャーナ」(イタリアのパスタです。トマトや豚肉を使います)、「ベーコンエピ」(ベーコン入りのフランスパン。「エピ」とは「穂」を意味しています)などなど、なんとも想像力が広がる名前ばかり。

食いしん坊と威張れるほど料理上手ではないので、そこらへんはレイに頑張ってもらいました。おばあちゃんから託された不思議なレシピ本を使って、剣士ユアン、そしてドラゴンのジルと仲よくなっていくあたり、とても楽しく書きました。


ここに出てくるレシピはどれも普遍的なもので、オリジナルレシピというものは存在しません。一度編み出してみたい、「秀香穂里レシピ」。お鍋を焦がし、レンジが爆発しそうですけど。

皆さんがパッと思い浮かべられる有名なレシピといったら、絵本「ぐりとぐら」に出てくる「かすてら」ではないでしょうか。森で見つけた大きなたまごを調理し、仲間みんなでふわふわのかすてらをいただくという話は、こどもの頃から大好きです。

これに感化されて、「ホットケーキ」はよく作っていたと思います。ホットケーキミックスを使えば簡単にできますもんね。最近食べてないなと思ったら無性におなかが減ってきました。超絶ふわふわのあまあまホットケーキが作りたいです。

登場人物のこともすこし書いておきます。

まず、主人公のレイ。大学を卒業したばかりだけど最愛の祖母を亡くし、意気消沈しているところへいろいろあって異世界にやってきてしまうという設定です。素人ながらお料理好きな子の話が書きたくていろいろ考えました。栄養士や料理家というその道のプロではなく、日常の料理が好きというレイ。栄養の観点から見てバランスのいい食事を考案するよりも、その場にある&手に入る食材をおいしく調理しようという食いしん坊気質です。

旬の素材を使って今日はこれを作ろうかな、みたいな考えってなんかゆとりがあって素敵ですよね。

日頃、コンビニに激しくお世話になっているわたしとしては、夏のそら豆や枝豆、トウモロコシを買うだけでもどきどきしますが、やっぱりその季節のものを食べているだけで結構簡単にしあわせになれます。生きてるって気がします。というわけで、レイもそんな感じ。平凡な食べものが好きで、食事している最中から「次はなに食べようかな」とあれこれ想像しているような子です。

そんな食いしん坊レイを助けてくれるのが、無口な剣士のはらぺこユアン。仮面をつけ、本来の立場を隠して旅している彼ですが、やっぱりおなかは空くわけで。でも、悲しいかな、彼が住む世界は味音痴です。味つけをせず、ただ食材をそのまま食べて空腹を満たすだけってわりとつまらないですよね。だから、レイと出会う前のユアンは食べることに対してべつになんの感慨も抱いてなくて。それが「おいしい」という感覚をひとたび味わったら、目の色を変えるのです笑。

無骨なユアンがおいしいものをおいしいと噛み締めて食べ進めつつ、レイへの恋心を募らせていくあたりも、すこしずつ変化が見られるといいなと願いながら書きました。

そしてアイドルのジル。結果的にはめちゃめちゃビッグサイズになるドラゴンのジルですが、登場時はなんともかわいいお姿……！　これはもうひとえに、挿絵を手がけてくださった秋吉《あきよし》しま先生のお力のたまものです。ぬいぐるみにしたいくらいかわいいのに、炎を吐く世界最強の生き物ですが、やっぱりおいしいもの好き。ジルのかわいいところも格好いいところも書けたのが嬉しいです。


キュート、かつ鮮やかでなんとも美しいイラストを手がけてくださった秋吉しま様。以前、現代ものの物語でご一緒させていただいたことがあり、その確かな才能は知っていたつもりでしたが、今回いただいたイラストがもうもう……！　どれも目を瞠るほど綺麗で、細部まで丁寧で……表情豊かでかわいいレイ、ユアン（仮面オン時もオフ時もどちらもかっこよすぎる）、楽しいジルのトリオを見せてくださり、ほんとうにありがとうございます！　爽やかな表紙がババーンと書店さんに並ぶ光景を、いまからこころ待ちにしています。今回、ご縁があって再びご一緒できたことをとても光栄に思っております。お忙しい中、ご尽力くださいましたこと、重ね重ねお礼申し上げます。ありがとうございます。

案出しの時点から最後まで手をかけてくださった担当様。なんと感謝すればよいかわからないほどです。執筆当時、行きつ戻りつしてしまった原稿に呆れず、お目を通してくださり、ありがとうございました。なんとか無事に発刊できそうでほっとしています。

そして最後に、この本を手に取ってくださった方へ。

異世界ごはんもの、楽しんでいただけたでしょうか？　「三ツ星ごはん」かもしれないけど、それを食べるのは味音痴な剣士というのが自分でも楽しくて好きな一冊となりました。えっち部分もめちゃめちゃ盛り上がってしまって……！　なんでこういつも艶めいたシーンに情熱を注いでしまうかなあと呆れる部分もありますが、それはもう揺らがない個性ということで、今後も磨いていきたいと思います。

お読みになったうえでご感想がありましたら、ぜひぜひ編集部宛にお手紙などをお寄せいただけると嬉しいです。X（@kaori_shu）をはじめ、各種ＳＮＳを更新していますので、そちらもぜひお気軽に遊びにいらしてくださいね。これからも、楽しくて思わずそわそわしちゃう物語が書いていけるよう、精進してまいります。

それではまた、次の本で元気にお会いできますように！

肖像画のαに魅せられて――ロマンティック・オメガバース

『最後の王と最愛オメガ』

秀 香穂里　Illust.小禄

新書判

定価：957円（本体870円＋税10%）

リンクスロマンスノベル

とろける恋と異世界三ツ星ごはん　～秘密の剣士は味音痴～

２０２４年７月３１日 第１刷発行

著　者　秀《しゅう》 香穂里《かおり》
イラスト　秋吉《あきよし》しま
発行人　石原正康
発行元　株式会社 幻冬舎コミックス
〒１５１－００５１ 東京都渋谷区千駄ヶ谷４－９－７
電話０３（５４１１）６４３１（編集）
発売元　株式会社 幻冬舎
〒１５１－００５１ 東京都渋谷区千駄ヶ谷４－９－７
電話０３（５４１１）６２２２（営業）
振替 ００１２０－８－７６７６４３
デザイン　藤井敬子
印刷・製本所　株式会社光邦

検印廃止